이웃집의 백호

백호누나·백호 지음

세상에서 가장 행복한 멍멍이
70만 팔로워 웰시코기의 신나는 일상!

위즈덤하우스

프롤로그

🕐 백호가 일어나서 방문을 열어달라고 깨운다.

🕜 아침밥을 먹는다.

🕑 가족들이 출근 준비하는 모습을 모두 지켜보며 욕실 휴지통을 두들겨 패
며 패악을 떤다.

🕒 들어와서 자려고 방문을 열어달라고 톡톡 노크한다.

🕓 누나가 일하는 것을 간간히 확인해가며 낮잠을 잔다.

🕔 산책 나갈 때 되지 않았냐며 욕실 휴지통을 두들겨 팬다.

🕕 광란의 산책타임

🕖 저녁밥을 먹는다.

🕗 장난감을 패대기치고, 껌을 먹고, 퇴근한 가족들이랑 신나게 논다.

🕘 양치하고 잔다

　가족들은 주말이 되면 돌아올 한 주의 일정을 서로 공유한다. 출근하
는 사람들, 또 집에서 일을 하는 사람들 간에 시간을 맞춰 언제나 백호가
혼자서 집을 지키는 일이 없도록.
　언제나와 같은 백호의 하루, 또 백호의 하루에 맞춰 돌아가는 사람가
족 네 명의 하루.

4

Content

Chapter 2 산책의 서막이 오르고

Chapter 3 낙하산을 타고 과장까지 초고속 승진

Chapter 4 대한민국 구석구석 궁둥이를 흔들고 다녀볼까?

Chapter 1

웰시코기
나부랭이와의
조우

계획대로

"이제 다시 강아지 키워보는 게 어때?"

친구가 나에게 넌지시 권유했다. 어릴 때 키우던 작은 시츄를 떠나보낸 지 6년째 되던 해였다. 여느 펫로스처럼 더 잘해주지 못했다는 미안한 마음이 아직 나를 괴롭히고 있었다. 지나가는 시츄를 보면 작고 착했던 우리 강아지, 못해준 것만 잔뜩이었던 내가 생각나서 일부러 강아지에 시선을 두지 않았다. 즐겨 보던 동물농장도 피했다. 그렇게 일상으로 돌아가 직장을 다니고 바쁘게 살다보니 20대 중반이 되어 있었다. 반쯤은 잊고 살았고, 반쯤은 잊으려 애쓰고 있었다. 그 와중에 강아지를 다시 키워보라고 말하는 친구한테 말했다.

"제정신이냐?"

그런 이야기를 나누고 텅 빈 집에 돌아오니 우리 강아지가 보고 싶어졌다. 앨범을 몽땅 뒤져보는데, 그 흔한 사진 한 장이 없었다. 일회용 카메라로, 필름 카메라로 친구들과 찍은 사진은 수백 장이 넘는데, 우리 가족이랑 10년을 넘게 함께 살았던 그 작은 강아지 사진 한 장이 남아 있지 않았다. 어찌나 속상하고 내게 화가 나던지 6년 만에 강아지 때문에 또 울었다. 내가 어떻게 강아지를 다시 키우냐며 친구의 말을 한 번에 잘라버렸다.

그런데 내 친구도 참 대단한 협상가라서, 매일매일 카톡으로 귀여운

12

웰시코기 사진을 보내주는 거다. 처음에는 그냥 웃기게 생긴 강아지 사진이네 싶었는데, 계속해서 사진을 보내주면서 '얘는 다리가 다 자라도 이렇게 짧대', '얘네 양몰던 애들이래', '성격도 엄청 좋대…' 말 한마디씩을 꼭 붙이는 거다. 이게 다 계획된 것인 걸 나중에야 알았지. 내 친구도 나만큼이나 웃기는 애라서 자기는 자취하며 강아지를 키울 여건은 안 되고, 나는 마침 퇴사도 했고 집도 넓으니 웰시코기를 나더러 키우게끔 하고 자기는 놀러 와서 구경하려고 수작을 부린 거였다.

뭘 봐?

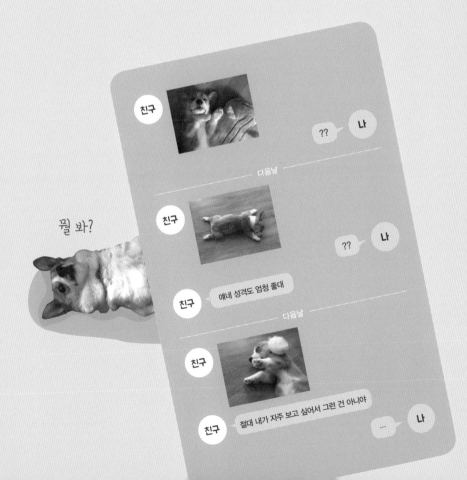

마음만은 농구 천재 백호

백호가 어미 젖을 충분히 먹고 자라기를 기다리고 있었다. 작게 태어나 끝까지 분양이 안 되던 이 웰시코기에게 데려오기 전부터 '백호'라고 이름까지 지어뒀다. 『슬램덩크』의 강백호에서 따와서 붙인 건데, 다리 길이 7.5cm(현재) 개한테 농구 천재 이름을 갖다 붙여준 나도 그렇지만, 이름이 찰떡이라며 박수를 쳐준 우리 가족들도 참…. 백호는 '강'이라는 성도 있는데, 강아지 강씨가 아니라 내 성씨인 진주 강씨다. 진주 강씨 26대손 강백호.

백호가 태어난 지 꼭 39일 되던 날, 백호 엄마 포미네서 전화가 왔다. 새끼들 돌보느라 포미의 건강이 위험할 지경이니 입양하기로 한 아이를 데려가라는 연락이었다. 처음엔 39일짜리 아이를 데려와서 내가 어떻게 키우지? 엄마 찾아 울 텐데, 어쩌지? 하면서 데리고는 왔는데 딱 하루 지나니까 온 집안을 싸돌아다니며 주인 행세를 하는 걸 보고 어처구니가 없었다. 데려와도 됐구나.

병원이 좋개

백호를 데려오고 가장 먼저 병원에 갔다. 진료대 위에서 난생 처음 발톱
도 깎고, 체온도 재고, 귀청소도 하는데 그냥 똥꼬발랄한 애를 보고 '아
직 어려서 병원이 무서운 곳인지 모르네. 짜식' 하고 웃었다. 그리고 대
쪽같은 백호는 아직도 병원을 가장 사랑한다….

병원 신남

아장아장

백호가 우리 집에 온 날은 7월 19일. 백호가 태어나 처음 맞이하는 계절은 여름이었다. 말귀는 하나도 못 알아듣는 밤송이 같은 게 어쩌나 빨빨거리고 돌아다니면서 시원한 데는 기가 막히게 찾아내는지. 선풍기 바람이 제일 잘 닿는 위치에 누워 자는 걸 보고 '먹고 자고 싸는 것밖에 할 줄 모르는 털 덩어리인데 꽤 하네?' 싶었다. 현관 타일에서 재우는 무능한 누나가 되고 싶지 않아 대리석 매트 한 장을 깔아주니 그 위에서만 자는 걸 보고 생각했다. '아 이 자식 크게 될 놈이다….' 그리고 푹신한 방석과 지붕 있는 집을 미리 사둔 내 자신과 신용카드에게 미안해졌다.

화구
화구

아기 백호

현장 검거

백호가 시야에서 사라지는 그 즉시 폭탄 같은 밤송이를 찾아내야 했다.
어느 구석에 들어가서 사고를 칠지 모르므로 언제나 예의 주시했지만 현
장 검거가 조금이라도 늦어지면 이미 집 안의 물건 중 하나가 박살난 후
였다.

귀가 쫑긋

웰시코기는 귀가 쫑긋하게 서 있는데, 어릴 때는 귀가 아직 덜 자란 상태라서 귀가 단발머리처럼 덮여 있다. 그것도 머리 되게 못 자르는 미용실에서 잘못 자른 단발머리처럼 덮여 있어서 그 모습이 정말 죽도록 귀여운데, 나중에는 귀 뿌리 쪽에 살짝 힘이 들어가면서 귀가 ◥◤ 모양으로 슬슬 펴지기 시작한다. 귀가 서서히 서는 이 과정을 지켜볼 수 있었던 것이 얼마나 행운이었는지 모른다. 흰 양말 네 짝을 신고, 단발머리를 한 이 웰시코기 나부랭이 시절은 정말 찰나라서 귀여움과 사랑스러움을 동그랗게 꽁꽁 뭉쳐둔 것 같다.

짧은 다리로 낑낑

귀여운 건 귀여운 것이고, 힘든 건 힘든 것이다. 이때의 백호는 말 그대로 새끼짐승이었다. 이빨이 가려우니 눈 앞에 보이는 모든 것을 물어뜯었고, 밥을 달라고 밥그릇을 수시로 때리다가 엎어버렸고, 배변을 못 가리는 것도 당연했다. 3개월이 될 때까지 나는 백호에게 그 어떤 훈련도 제대로 시키지 않았다. 내가 새끼인간이던 시절에 우리 엄마도 나를 이렇게 기르셨으리라 하는 마음으로 그냥 내버려두기만 했다. 백호가 우리에게 모든 것을 맞춰서 살아야 할 테니 충분한 시간적 여유를 주고 싶었던 이유도 있고, 그냥 못 알아들어서 내버려둔 것도 있다. 때가 되면 언젠가 해내겠지, 라는 내 인생에 단 한 번도 되뇌어본 적 없는 생각을 하면서 말이다. 터그 놀이를 하다가 이빨 여섯 개가 한 번에 빠져 피 철철 나는 애를 데리고 병원에 뛰어가고, 첫 접종을 하면서도 병원에서 빨빨 돌아다니고, 아무리 낑낑거려도 올라갈 수 없던 소파에 처음으로 올라가고, "백호야!" 부르면 제꺽 반응하게 되고…, 백호 정말 열심히 자랐다.

통장을 위협하는 인테리어 디자이너 백호

백호를 데려올 생각이 없던 때, 우리 집은 리모델링을 계획하고 있었다. 하지만 어린 강아지가, 그것도 중형견에 양몰이의 후손인 웰시코기가 집에 온다면 어차피 집이 박살나는 건 불 보듯 뻔했다. 나는 이미 강아지를 키우기로 마음을 단단히 굳혔던 때라 "강아지가 세 살이 되면 벽지 찢거나 바닥 뜯는 건 안 할 테니까 그때 내 돈으로 인테리어 다시 할게"라고 가족들과 약속했다. 꼭 백호가 만 세 살 되던 해에 정확히 약속을 이행해 백호의 성장과 함께 귀곡산장으로 변한 집을 전부 고쳤다. 설마하니 그렇게까지 집을 개박살 낼 줄은 몰랐다. 웰시코기를 키울 계획이 있는 사람들한텐 언제나 충고한다. 그냥 대충 귀신 나올 것 같은 집에서 살다가 만 세 살쯤 웰시코기의 요정이 약간의 이성을 선물해주고 가면 그때 리모델링을 하라고⋯. 물론 아주 약간이니 크게 기대하면 안 된다.

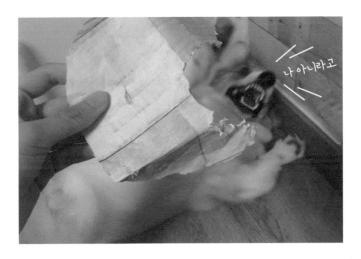

나 아니라고

전화하는 것도 눈치 보이는 개집살이

백호가 싫어하는 것 중 하나는 '전화 통화'이다. 가족들이 전화를 받고 외출하는 횟수가 잦아지자 전화 자체를 증오하기 시작했다. 어딘가에서 벨소리나 진동소리가 나면 그 핸드폰의 주인을 찾아가 짖으면서 화를 낸다. 처음에는 전화 '왔다고 알려주는 건가? 우리 애는 천재구나…' 하고 감격했지만 얼마 지나지 않아 전화의 주인에게 화를 내고 있다는 사실을 알고 '다른 의미로 머리가 좋은 아이구나…' 하고 절망했다. 정말 신기한 게 알람과 전화 벨소리를 정확히 구분한다. 가족들은 이제 전화할 일이 있으면 아예 백호의 발길이 닿지 않는 베란다에 숨거나, "나 전화해야 하니까 잠깐 백호 좀 봐줘" 하고 다른 가족에게 부탁한다. 용건만 간단히 최대한 빨리 전화 통화를 끝내야 백호의 노여움을 덜 살 수 있다. 특히 내가 전화를 하고 있으면 어디선가 바람처럼 달려와 이상해씨마냥 몸통 박치기를 해서 핸드폰을 바닥에 떨어트리게 하거나, 뺨에 돌진하는 일도 부지기수다. 백호와 함께 있으려고 일 관련 미팅을 적게 잡는 편인데 꼭 외출해야 하는 날에는 화장을 할 때부터 백호의 잔소리와 눈빛 공격에 산소가 사라지는 느낌마저 든다. 지금 이 원고를 쓰다가 데스크탑을 오른발 왼발 바꿔가며 맹공격을 펼치는 백호를 장난감으로 달랬고, 두 번이나 내려가 자장가를 불러드린 후에야 쫓기듯이 글을 쓰고 있다. 비혼의 삶을 살기로 해서 내 인생에 보던 시집살이는 없겠구나 했는데, 시집살이보다 더한 개집살이를 하고 있으니 이 무슨 팔자인가….

완벽한 이중 생활

강아지와 함께 사는 집은 대부분 안전문을 설치한다. 우리 집은 안전문 대신 30cm도 안 되는 선반을 안전문 대신 쓰고 있다. 현관문에 하나를 설치했고, 습식으로 사용하는 욕실과 쌀 등의 식료품이 있는 베란다 두 곳에 설치를 해두었는데 백호의 미세먼지 같은 다리 때문에 저 울타리를 결코 넘지 못했다.

나 혼자 집에 있던 날. 계속 침대에서 늘어져 자고 있었는데 백호가 자꾸 방문 앞에서 내가 자는지 확인하는 듯한 느낌이 들었다. 그런 백호를 구경하는 게 귀여워 실눈을 뜨고 자는 척을 하고 있었다.

내가 자는 것을 확신한 백호는 탁탁 발톱 소리를 내며 베란다로 가더니, 정말 가뿐하게 안전문을 넘어 폴짝 베란다로 나가는 것이었다. 베란다에 있는 화초 끝을 잘근잘근 씹어보고, 쌀푸대도 앞발로 퍽퍽 쳐보고, 당시에 사용하던 사료통도 맹렬하게 앞발로 패고 있었다. 심지어 욕실은 문까지 열고 들어갔다. 수세미를 꺼내 여기저기 팽개쳐놓고, 휴지통도 패고, 세수대야도 엎어놓았다. 백호의 짓이라고는 상상도 못한 가족들은 왜 세수대야를 엎어놓느냐, 수세미를 썼으면 똑바로 둬야지 이게 뭐냐 하며 서로를 질타했다.

백호가 그동안 울타리를 못 넘는 척했던 이유는, 가족 중 누구든 베란다에 나가면 울타리 앞에서 착하게 기다리고 있는 백호에게 칭찬도 해

주고, 간식도 줬기 때문이었다…. 그것을 위해 계속해서 백호는 가족들 앞에선 연기를 하고 있었기에 누구도 그 사실을 몰랐던 것이다.

그렇게 '마이펫의 이중생활'을 찍고 유유히 욕실을 나오던 백호는 나와 눈이 딱 마주쳤고, 그때부터는 연기할 필요도 못 느꼈는지 이제는 당당히 울타리를 넘어 베란다에 가서 고구마도 가끔 훔쳐 먹고 있다. 욕실 휴지통을 패는 것은 일과 중 하나가 되었다. 저렇게 자신만의 사생활이 있을 줄은…. 지금도 가족들 모르게 뭔가 하고 있을지도 모른다. 컴퓨터를 켜서 유튜브를 보고 있을지도 모를 일이다.

백호는 내 생명 연장의 비결

몇 년 전, 회사를 다녀오다가 에스컬레이터에서 굴러떨어져 다리가 부러지는 바람에 전치 12주 진단을 받았다. 가족들이 백호의 산책을 기꺼이 맡아주었지만 나는 우울해졌다. 3개월이 사람의 수명에서는 찰나일 수 있지만 개한테는 짧은 시간이 아니기 때문이었다.

백호는 내 이상을 바로 알아차렸다. 깁스를 하고 돌아온 날부터 온몸으로 걸던 장난도 걸지 않고 깁스한 다리 옆에 누워 있었다. 평소에는 누나 없이 가족들과 가는 산책은 가지 않겠다고 떼를 썼는데, 내가 깁스를 한 뒤에는 가족들과 군말 없이 산책을 나갔다. 나는 답답함을 견디지 못해 휠체어를 대여해 백호와 함께 나갔다. 한 달 만에 함께 나간 산책에서 백호는 내 휠체어 방향을 백 번도 넘게 쳐다보고 웃으며 보조를 맞춰 걸었다. 보조대를 찬 뒤 목발을 짚고 하도 산책을 다녀서 의사 선생님께 엄청나게 혼났지만, 그해 여름을 그렇게나마 함께 걸을 수 있어서 다행이었다.

그 길로 일주일에 일곱 번 마시던 술을 끊어버렸다. 내가 감기라도 걸려서 심하게 기침을 하고 있으면 공을 갖고 놀다가도 내팽개치고 달려와 누나 숨이라도 넘어갈까봐 낑낑 울면서 내 옆을 지키는 백호를 위해서라도 나는 무조건 건강해져야 했다. 백호가 내 생명 연장에 대단히 기여한 것이다.

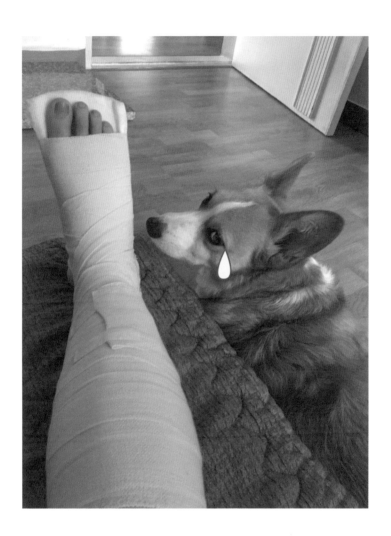

백호의 등장과 함께 달라진 것은 나뿐만이 아니었다. 백호가 오기 전까지 단톡방조차 없던 우리 집은 '백호네집'이라는 단톡방을 만들어 수시로 백호가 뭘 하는지, 오늘 산책은 했는지, 또 이번 주 스케줄은 어떤지 공유하고 조정한다. 백호가 1분이라도 혼자서 시간을 보내지 않았으면 하는 바람에서다.

정 많고 상냥한 엄마가 순식간에 백호에게 빠져들 것이라는 사실은 백호를 데려오기 전부터 알고 있었다. 엄마는 친구들에게 전화로 자식 농사 끝까지 지어봐야 안다더니, 우리 막내 백호가 대기업에 들어갔다며 하이마트 사원증을 받은 백호 사진을 보내며 자랑하기 바쁘셨고 카톡 프로필 사진과 배경사진은 언제나 백호의 사진을 바꿔 거셨다. 다른 이들에게 스스로를 '백호 엄마'로 소개하신다. 아빠는 백호를 데리고 오기 직전까지 "강아지 키울 거면 나가서 살아!" 하고 일갈하셨던 분이다. 백호를 데리러 가는 날에는 운전까지 해주시면서도 "난 정 안 줄 거야"라고 하셨다. 매일 저녁 운동을 나가시는 아빠는 백호의 산책에 동행하기 시작하면서 운동 파트너가 생긴 것을 매우 기뻐하셨고, 어린이날 갑자기 케이크 하나를 사오시더니 "우리 백호 어린이날인데 축하해야지"라고 하시기에 이르렀다. 개랑 뽀뽀는 왜 하는 거냐, 난 개한테 엄마아빠라고 부르는 거 질색이다 하시던 우리 아빠는 퇴근하고 집에 오실 때마다 "백호야, 아빠 왔어!! 뽀뽀!!" 하며 바닥에 엎드려 눈높이를 맞춰주시고, 막내딸(바로 나)한테 해외 출장 중에도 단 한 번도 사다주지 않으셨던 인형을 백호에게 선물하셨다. 백호가 걷는 산책길에 쓰레기가 있으면 안 된다며 백호가 다니는 동네 산책길을 걸으며 쓰레기를 주우신다. 언제나 엄하고 진중하신 나의 창조주는 그냥 백호 아빠가 되었다. 오빠는 나와 나이 차이가 많이 나는 데다가 성별이 달라 성인이 된 이후로 대화 자체가 적어졌다. 남매라는 게 뭐 그런 거 아닌가? 비공식 호적 5번 백호가 입적하면서, "백호는?" "백호 산책은?" "백호 밥은?" "백호가 기다리는데 안 와?"라며 언제나 카톡 채팅창 최상단에 오빠와의 대화방이 위치하게 됐다. 주위에서는 오빠랑 내가 눈이 오나 비가 오나 산책을 다니는 걸 보고 전부 부부인 줄 아셨다고 한다…. 그 이야기를 듣자마자 서로 얼굴을 쳐다보며 구역질을 했다.

소(처럼 생긴)도둑

우리 집 돼지왕인 백호는 언제나 먹을 것을 갈구한다. 주고 싶은 마음이야 굴뚝 같지만, 백호는 언제나 체중 조절을 해야 하는 운명을 타고났기 때문에 마음처럼 주기가 쉽지 않다. 처음에는 떼도 쓰고, 화도 내고, 양치 후 주는 간식이 들어 있는 선반 밑에서 망부석처럼 앉아 있기도 했다. 씨알도 안 먹힐 짓이었다. 우리 가족은 백호가 착한 일을 했을 때만 주자고 서로 단단히 약속한 상태였다. 이를테면 쉬야를 하거나, 응가를 하거나, 자고 있는 누나를 깨워서 밥상까지 데려온다(?)거나 할 때는 간식을 주었다.(착한 일이란 무엇인가…) 백호는 내가 잠에서 깨면 언제나 거실화를 신어야 움직인다는 것을 알아서 주말에 기절해 있는 나에게 슬리퍼를 물어다가 얼굴에 올려 놓는다. 그때마다 엄청난 칭찬과 간식을 주시는 엄마를 보고는 뭔가 자기 딴에는 두뇌를 풀가동해서 한 가지 결론을 내린 모양이다.

'물건을 갖다 주면 간식과 바꿀 수 있구나'라고….

가족들에게 슬리퍼를 물어다 주고, 양말 따위를 물어다 주는 효심 깊고 기특한 방향으로 결론이 났으면 좋았겠지만, 백호는 언제나 나의 예상과는 정반대 방향으로 달려 나가는 아이였다.

'물건을 훔쳐가서 간식과 바꾸면 되겠구나'라는 말도 안 되는 결론을 도출하고 그것을 그대로 실행에 옮기는 도둑으로 거듭난 것이다. 바늘

도둑이 소(처럼 생긴)도둑이 되기까지는 긴 시간이 필요하지도 않았다.

아빠 책상에서 펜을 물고 도망가서 간식과 바꾸기 시작하면서 나중에는 안경 케이스를 입으로 달칵 열어 안경을 물고 도망쳤다. 가족들이 기겁하면서 달려오는 걸 엄청 즐거워하며 거실 한가운데 훔친 물건을 가져다 놓고 간식을 가져와 협상하기를 기다린다. 그냥 가져가려고 하면 훔친 물건을 파괴하거나, 물고 잽싸게 도망친다. 협상가 중에서도 강경파에 속한다.

하루에도 수십 번씩 "백호야!!! 그거 물고 가면 안돼!!!" 하면서 손톱만한 간식 하나를 들고 가족들 모두가 백호에게 뛰어간다. 손님들이 방문하면 "그거 바닥에 두지 말고 이리 줘, 나중에 백호가 훔쳐가" 하고 옷과 가방 등을 꼭 높은 곳에 보관하는데, 처음에는 그게 무슨 말이냐고 묻던 손님들도 가족들 물건을 훔쳐가서 간식과 바꿔먹는 도둑을 보고 상황을 이해하는 경우가 수두룩 빽빽이다. 오늘도 우리 집 소도둑은 가족들의 물건을 훔치러 다닌다.

자존감 고도비만견

집요한 카톡으로 백호 입양에 가장 큰 계기를 제공했던 친구는 지금도 집에 자주 놀러 온다. 백호랑 친한 누나의 포지션을 유지하며 백호의 성장을 누구보다 가까운 곳에서 지켜보고 있다. 끼리끼리 논다는 말 하나 틀린 것 없이 내 친구도 나랑 매우 흡사한 언어 구사력과 사고방식을 갖추고 있다. 어느 날인가 어김없이 친구가 집에 놀러왔다. 친구는 그저 소처럼 누워만 있을 뿐인 백호의 모습에 감탄하고 다가가서 쓰다듬어주는 나를 어이없다는 표정으로 지켜보더니, 턱에 물을 한바가지 묻혀오는 백호에게 물도 잘 먹는다며 박수 치는 내게 기가 차다는 듯이 "백호는 자존감이 너무 비대한 아이야"라고 툭 내뱉었다.

"쟤는 물 먹고 와도 칭찬을 받고, 밥 먹으면 박수 쳐주고 눈만 마주쳐도 가족들이 웃어주고 뽀뽀해주고 공 하나만 물어와도 개선장군처럼 칭찬을 해주니까 자존감이 너무 비대해졌어."

몹시 그럴싸하고 객관적인 분석에 박수가 절로 나왔다. 몸무게는 적정 몸무게를 유지해야 하지만, 자존감은 얼마든지 더 비대해져도 된다. 자존감 고도 비만견 백호는 오늘도 낯선 이에게 받은 칭찬 약 50회, 누나에게 받은 칭찬 50회를 합쳐 일평균 100건의 칭찬을 받고 자존감의 한계치를 늘려가고 있다. 그러니, 오늘 산책길에서 백호를 만나신다면 한껏 칭찬해주세요.

수면 포즈

백호의 가장 유명한 사진 중 하나는 바로 베개를 베고 사람마냥 자고 있는 사진이 아닐까 싶다. 돼지감자처럼 몸집이 작았던 시절 백호는 사람 쓰는 베개에 올라가서 자곤 했는데, 그때는 자리 한 켠 내어주는 것이 어렵지 않았다. 하지만 돼지감자는 쑥쑥 자라 13kg이 넘는 송아지가 되었다. 이제는 베개를 사람처럼 머리를 올려두고 자기 시작하는 것이다. 이제는 백호가 베개 옆으로 다가와 머리를 베개에 픽! 올려두고 저리 비키라 하시면 사람은 저 구석으로 밀려나서 자거나, 베개를 포기해야 한다. 내가 침대에서 일어나면 기다렸다는 듯이 바로 누나가 베고 자던 베개에 머리를 누이고 코를 드르렁 골며 자고, 사람과 비슷한 자세로 벌렁 드러누워서 잘 때의 백호는 가장 편한 모습 그 자체다. 이불을 덮어주면 따뜻하다며 좋다고 잔다. 털은 이미테이션인 거니….

백호의 침대

백호에게 침대를 뺏기니 수면의 질이 저하돼서 백호 전용 침대 하나를
샀다. 가로 길이 1m가 넘는 아주 크고 튼튼한 침대를 들여놔줬더니,
이게 뭐냐며 잠시 경계하던 백호는 새것을 세상에서 가장 좋아하는 신
상 애호견답게 침대에 몸뚱이를 이리저리 굴리고 앞발로 때려가며 침대
를 곧잘 썼다. 얼마간의 시간이 지나자 "백호야 침대에 올라가" 하면 누
나 침대에 올라가고, "백호야 백호 침대로 올라가" 하면 전용 침대로 올
라가며 정확히 구분을 했다. 여름에는 시원한 대리석 침대에 벌렁 누워
등과 뒤통수를 비비며 자고, 겨울에는 전기장판이 있는 누나의 침대에
올라와서 자고, 낮잠은 자신의 침대에서 잔다.

  지금은 깊은 밤, 백호가 베개를 베고 자야겠으니 비키라고 하면 자연
스럽게 백호에게 베개를 양보하고 나는 바닥에서 잔다. 나는 잠귀가 밝
아서 가족들이 내가 잠들면 목소리를 낮추고 내 방문을 여는 일조차 없
었다. 백호와 함께 자면서 내 몸도 이대로 살 수는 없다고 느꼈는지 이제
는 백호가 베개를 뺏어도, 가로로 누워 나를 뒷발로 차며 비키라고 해도,
백호가 베개에 누워 내 얼굴에 콧물을 튀겨대며 자더라도 쉽게 일어나
지 않게 되었다. 좋아해야 할지 슬퍼해야 할지 잘 모르겠다.

백호가 알아듣는 단어와 문장이 많아지면서 금기어까지 생겼다. 뜨뜻한
전기장판 위에서 코를 골며 자고 있는 백호를 가운데 두고 가족들끼리
이야기를 나누다가 우연히 '고구마'라는 단어가 나왔다. 갑자기 봉인 풀
린 마왕처럼 눈을 번쩍 뜨고 '고구마?' 하는 표정으로 일어나는 걸 보고
가족들은 '고구마'라는 말을 아주 조심스럽게 하기 시작했다. 산책이라
는 말은 정말로 산책 나가는 시간이 아니면 말해서는 안 되는 단어였다.
나중에는 하네스라는 말까지 알아듣더라… 무서운놈….

"백호 왜 이렇게 못생겼어?"라는 말을 하면 자기를 놀리는 뉘앙스를
눈치채고 장난감을 집어 던지고 왕왕 짖으며 화를 낸다. 단어의 뜻을 전
부 이해하는 건 분명히 아닐 텐데 놀리는 말투를 캐치하면 분노의 시
대 매드맥스가 시작된다. 백호가 가장 싫어하는 말은 "이거 백호가 그랬
어?"라는 말인데, 사람 가족이 바닥에 영수증을 찢어발겨놨을리도 없고,
휴지통을 엎어놨을 리가 없음에도 일단 자신이 한 것이 아니라며 화부
터 낸다. 백호가 사고 친 사실들을 그저 읊어주기만 했을 뿐인데 우앵우
웽우액!!!! 하는 알 수 없는 중국 방언 같은 말을 하면 "그래 백호가 한거
아니야. 형이 그랬나보다" 하며 책임전가를 돌리는 말을 해줘야만 분노
를 멈춘다. 정말로 파렴치한 놈이 아닐 수 없다.

뻔데기

백호는 누구에게나 서슴없이 다가가 눈을 맞춘다. 그리고 '혹시 저한 테 해줄 말 없나요?' 하는 듯한 눈빛으로 계속해서 부담스럽게 쳐다본 다. 그러다가 "아이 귀엽다"라는 말 한마디라도 들으면 백호의 기분은 우 주를 뚫고 나간다. 백호에게 매번 스카프를 해주거나, 겨울엔 필요도 없 는 옷을 입히는 것도, 형형색색의 하네스와 독특한 문구를 적은 리드줄 을 해주는 것도 예쁨 채굴꾼인 백호가 한 번이라도 더 눈길을 받고 예 쁨 받길 바라는 이유에서다. 나는 낯을 많이 가리는 편이라 동네 사람들 에게 소리내어 인사해본 적도 없었다. 그렇다고 해서 우리 집 강아지한 테 예쁘다고 해주시는 분들께 아무 말도 하지 않고 지나갈 수도 없으니 늘 '감사합니다', '안녕히 가세요' 하는 인사를 하니 동네에서 싹싹하고 인사성 바른 사람이라고 칭찬까지 듣게 되어 몹시도 당황스럽고 황망하 다. 온갖 사람들에게 치대는 백호를 끌어당기며 "가자, 백호야 가자…" 하고 사정사정을 하며 백호를 챙겨 신호등을 후다닥 건너고, 문 열린 가 게만 보면 자연스럽게 머리부터 들이밀고 보는 뻔뻔한 백호에게 "야 안 돼!! 죄송합니다!!" 하고 장발장 빵 덩어리 들고 도망가듯 홀렁 식빵 덩 어리를 들고 뛰다보니 그냥 나까지 뻔뻔해지게 되더라….

#백호는 자신이 웰시코기라는 것을 안다. (올)

#백호는 자신이 귀엽다는 것도 잘안다. (뻔뻔)

#백호는 자신이 잘생기고 예쁘다는 것도 안다. (뻔데기)

저 강아지한테 맞고 살아요

백호는 몸무게 14kg이 좀 안 되는 중형견이라 노는 것도 격하기 짝이 없는데, 나는 백호가 돼지감자 만할 때부터 온몸으로 씨름을 하며 놀아준 덕에 다리와 팔에 상처가 사라질 날이 없다. 예전에 친구를 만나러 지하철을 타고 가던 중에, 내 팔에 든 열댓 개의 멍을 보고는 옆에 앉아 계시던 아주머니께서 "아가씨… 혹시 누구한테 맞고 그런거 아니지…?" 하시며 진심으로 걱정하는 눈길로 질문하신 적이 있었다. 웃으면서 아니라고, 강아지랑 놀다 보니 이렇게 된 거라고 했는데 내가 맹견을 키운다고 믿으시는 눈치였다. 그 뒤로는 한여름에도 반팔, 반바지는 거의 안 입는다. 여름옷은 백호가 와서 몇 번 들이박으면 찢어지기도 엄청 잘 찢어져서 의류비 지출도 급증한다. 대한민국 내수 시장 진작에 기여하기로는 백호가 으뜸이다.

공놀이를 하며 같이 슬라이딩하고, 엎치락뒤치락 뒹굴고 잘 놀다가 갑자기 백호를 안아들고 비행기 놀이를 해주고, 우와아아아 백호 간다 아아아 하면서 온 집안을 안고 뛰어다니니 백호가 나랑 노는 것을 가장 좋아하는 것도 당연하다. 상처가 마를 날이 없고, 어릴 때 정도를 모르고 놀던 백호 때문에 몸에 흉터도 꽤 많지만 괜찮다. 나이 차이 많이 나는 막내 남동생, 혹은 아들 키우는 친구들도 다 이렇더라.

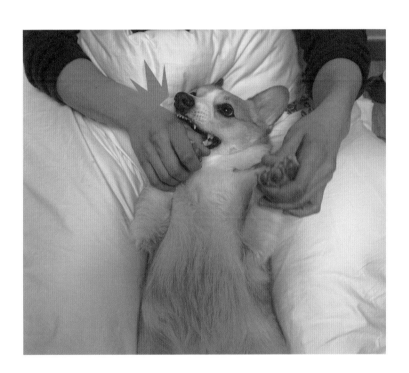

백호에게 장난감을 사주다 보니 수십 개가 되어 장난감 박스를 구해 장난감을 모아 준 후로, 자기가 갖고 놀고 싶은 장난감을 뒤적뒤적 잘도 찾아서 꺼내온다. 마음에 드는 장난감을 찾겠다고 하나하나 인형을 꺼내서 다 집어 던지고 절대 정리하는 법은 없다. 잘 갖고 노는 장난감들은 이름도 다 알아서, '핫도그 갖고 와~', '풀러 갖고 와~' 하고 지칭을 해주면 정확히 찾아서 가져온다. 상자에 늘 장난감이 그득한 걸 보시고는 다른 견주님들이 백호는 장난감을 파괴하지 않냐며 신기해하시는데, 백호도 어릴 때는 모든 장난감의 심장을 뽑고, 머리와 다리를 분리해서 온 집안에 널어놓기를 즐기는 아이였다. 모든 장난감이 5분을 버티질 못하자 "백호야, 백호가 좋아하는 장난감을 맨날 이렇게 심장만 뽑으니까 버릴거야. 알겠지?" 하고 눈 앞에서 망가진 장난감을 몇 번 버리자, 이제는 장난감을 어느 정도 강도를 조절해가면서 갖고 논다. 좋아하는 장난감은 확실히 좀 살살 물고, 혹여나 찢어지더라도 실로 꿰매 수술해주면 그 부분은 덜 뜯고 논다. 계속해서 새것으로 리필되는 소모품 장난감들은 기가 막히게 눈치채고 아직도 심장을 뽑아버리지만… 매일 신중하게 장난감 박스 앞에 앉아 누나랑 갖고 놀 장난감을 뒤적뒤적 찾아 한 개를 골라서 신나게 물고 오는 백호를 볼 때마다 백화점을 통째로 사서 주고 싶다.

오빠랑 둘이 술 한잔씩 마시던 시절에, 백호도 그 술자리에 늘 함께하지만 줄 수 있는 것이 없어 "강아지 맥주는 안나오나?" 하고 아쉬워했었다. 후에 강아지 전용 맥주가 외국에서 수입되는 것을 알고 바로 구매해 백호한테도 닭가슴살 육포 안주와 함께 맥주상을 차려주고 함께 먹었다. 새로운 간식을 먹는 것도 좋고, 형과 누나랑 함께 먹는 것이 좋아 어찌나 신났는지 온 집안을 뛰어다니며 자랑하고 다니는 백호를 보고 먹을 수 있는 간식을 함께 먹어야겠다 싶었다. 여름마다 내가 아이스크림을 먹을 때 신기하다는 눈빛으로 구경을 하길래 과일과 락토프리 우유를 갈아 얼려서 백호 전용 아이스크림을 만들어 내가 먹을 때 함께 먹었고, 복날에 가족들이 치킨을 먹으면 백호한테도 닭고기로 만든 특식을 줬다. 거꾸로 수박바가 나왔을 땐 백호에게도 거꾸로 수박바를 만들어줬고, 친구랑 메론 빙수를 먹다가 이건 백호도 먹을 수 있겠다 싶어 메론을 사다가 하나하나 과육을 동그랗게 파고 우유 얼음을 채워 메론 빙수를 만들어 주기도 했다. 말 그대로 내가 먹는 간식을 백호가 먹을 수 있는 음식으로 똑같이 만들어줬다. 강아지 전용 빵이 있다는 걸 알고 빵을 사서 락토프리 우유랑 주며 간식상을 차려준 적도 있는데, 백호는 그때마다 새로운 간식에 눈알 띠옹 상태가 되어 세상에서 최고로 행복한 강아지가 되어 잘도 먹었다. 백호는 생긴 게 어떻건 간에 맛있게 먹어줄 테지만 그래도 이왕 만들어주는 거 예쁘게 주고 싶어 아이들 캐릭터 도시락 사진을 한참 찾아보며 당근을 꽃무늬로 자르고, 삶은 달걀에 깨로 눈을 붙이고, 브로콜리로 잔디 모양을 만들어주면 브로콜리는 입으로 물어 그릇 바깥으로 던져버리고 고기만 다 먹어버리지만… 그러고 보니 고기를 좋아하니까 우유랑 소고기를 얼려 소고기 아이스크림을 만들어준 적도 있다. 쓰면서 보니 정말 별걸 다 만들어주고 사줬구나.

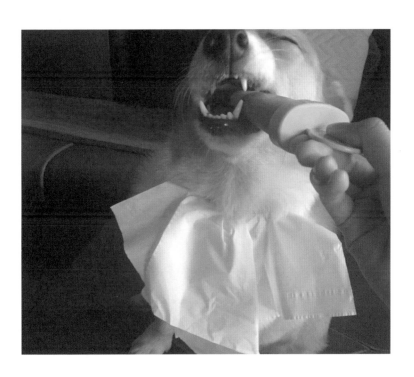

드라마보다는 다큐멘터리를

하루에 메시지를 수십 통 이상 받는다. 백호처럼 유명해졌으면 좋겠는데, 어떻게 SNS를 운영해야 하냐고 묻는 메시지가 잊을 만하면 날아오고, 유명한 개로 키워서 돈을 많이 벌고 싶다며 친해지자는 분들도 있다. 조금 곤란한 것이, 나는 외장하드나 핸드폰이 고장나더라도 외부에 기록해둔 곳이 있으면 후에 백호를 추억할 거리가 있겠지 하는 마음으로 SNS를 시작했다. 지금도 여전히 나 좋자고 하는 취미 생활일 뿐이다.

그런 메시지들은 대꾸 없이 삭제하면 그만이지만 내 마음을 무너지게 하는 메시지들이 있다. '웰시코기를 파양할 예정이니 백호 동생으로 데려가라'는 말, '백호를 보고 귀여워 보여서 웰시코기를 데려왔는데 도저히 감당할 수 없다. 당신이 받아주지 않으면 보호소에 보내겠다'는 협박성 메시지였다.

강아지를 키우는 것은 드라마가 아니라 다큐멘터리이다. 특히나 웰시코기의 어린 시절 모습은 금방 지나간다. 성견이 되면 어마어마한 털 빠짐과 성량을 보이게 된다. 운동량이 충족되지 않을 때 호전적으로 변하는 행동력 때문에 파양률이 수직 상승한다. 실제로 웰시코기는 하루에 최소 한 마리 이상이 유기되고 있다. 웰시코기라는 견종이 미디어에 본격적으로 노출되기 시작하면서, 웰시코기의 귀여운 외형에만 주목한 탓이다. 그 사실을 수백 번 이야기해도 부족하기 때문에, 백호와 함께 살며 집을 고친 이야기나 이웃들과 원만하게 지내는 이야기, 하루도 거르지 않는 산책 이야기, 청소기를 세 대를 구비하고 매일 반복하는 대청소와 한 철을 버티지 못하는 옷과 이불 등을 반복하며 이야기했다. 강아지와 사는 것은 현실이지 꿈이 아니라고. 화보집처럼 언제나 좋은 면만 있을 수는 없다고. 생명체와 함께 살며 얻을 수 있는 행복에는 반드시 그 뒷감 당이 따르기 마련이라고.

그래서 늘 드라마같이 예쁘고 얌전한 일상보다는 부수고, 파괴하고, 싸우는 백호의 다큐멘터리를 보여주려고 노력하고 있다. 이벤트와 협찬 피드 대신 입양, 유기, 파양, 보호소의 이야기를 리트윗한다. 백호의 SNS 가 조금이라도 더 나은 곳으로 소리내는 계정으로 남기를 바라면서.

불쌍한 내 컴퓨터, 내 통장

백호가 어릴 적에는 노트북을 쓰면서 일을 했는데, 침대에 기대 앉아 내가 노트북으로 일을 하고 있으면 항상 백호가 옆에 누워서 그걸 구경하거나 일에 집중해서 자신을 쳐다보지 않으면 노트북을 밀어서 덮어버리기도 하며 아웅다웅 싸워가며 일을 했다. 머리가 점점 커지면서 이제는 노트북을 매번 앞발로 닫아버리거나 키보드 위에 머리를 올려 문서에 자신의 의견을 입력하기 시작하면서 도저히 안 되겠다 하던 차에 백호가 내 노트북을 밀어서 침대 밑으로 떨어트렸다. 이 노트북 녀석만 사라지면 된다고 생각을 했던 것인지, 아니면 그냥 평소에 노트북이랑 사이가 안 좋았던 것인지… 그렇게 노트북이 죽고 나서 일부러 데스크탑에서 일을 하기 시작했다. 내가 책상에 앉아 모니터를 바라보고 있으면 백호는 앞발로 데스크탑을 후려치기 시작했고, 가끔은 콘센트 박스를 맹렬히 두들겨 패서 꺼버리기도 했다. 누구보다 일하기 싫은 건 나인 걸 아는지 모르는지, 이 일의 목적은 너의 밥값을 벌기 위해서라는 것을 백번을 이야기 해줘도 귓등으로도 듣지 않고 데스크탑을 패는 발놀림은 날이 갈수록 맹렬해지고 있다.

도대체 무슨 꿈을 꾸는 거니?

강아지들은 무슨 꿈을 꾸는 걸까? 강아지들은 주인과 함께 놀고 산책하며, 맛있는 간식을 먹는 꿈을 꾼다는 기사를 봤다. 백호도 자면서 잠꼬대를 하거나 앞발과 뒷발을 흔들기도 한다. 무슨 꿈을 꿨는지 백호한테 직접 물어보지는 않아 알 수 없지만, 꿈을 꾸고 있는 백호를 가만히 쳐다보고 있다가 잠에서 깨어나는 백호와 눈이 마주치면 백호는 한참만에 누나를 만난 것처럼 반가워한다. 뭐가 그렇게 반가운지, 무슨 꿈을 꿨는지 물어보면 한참 잠투정을 하고는 일어나서 밥 달라고 달려나간다.

백호는 졸려서 자고 싶은데 누나가 일을 하고 있거나, 혹은 다른 방에 있으면 얼른 와서 같이 자자고 부른다. 어릴 때 백호가 졸려할 때마다 자장자장하며 자장가를 불러주고 쓰다듬어줬더니 자기가 아직도 아기인 줄 아는 백호는 아직도 잠투정을 한다. 겨울에는 전기장판 위에서, 여름에는 대리석 위에서, 덥지도 춥지도 않을 때는 자기 침대에 누워서 우힝우앵거리며 세상 불쌍한 목소리로 졸리다고 칭얼거린다. 물론 백호가 이렇게 된 데에는 백호가 졸리다고 부르기만 하면 "어이구 우리 도련님 졸려요?" 하면서 수발상궁마냥 뛰쳐가서 자장가를 불러주며 키운 내 탓이 크다….

#개아련…

개껌 수발상궁

백호는 간식을 먹을 때도 절대 혼자서 먹으려고 하질 않는다. "맛있어?" "우리 백호 이 간식 어디서 났어?"라고 간식 먹을 때마다 칭찬해줬더니 자기가 간식을 먹는 것도 대단한 일인 줄 알고 계속해서 자랑하려고 한다. 게다가 다리가 짧은 백호에게 작은 간식을 주면 붙잡고 먹기 힘들어 해서 씹지 않고 꿀떡 삼키려고 하길래 항상 간식을 잡아줬더니 이제는 누나랑 형을 간식 거치대 취급하고 있다. 간식을 먹고 싶으면 간식을 물고 기분에 따라 같이 먹고 싶은 사람 방으로 달려가서 앞발로 톡톡 치며 간식을 먹으러 가자고 한다. 최대한 다양한 것들을 맛보여주고 싶어 간식을 한번 줄 때는 새로운 것들을 주는데, 간식을 받아 들면 온 집안을 뛰어다니면서 자랑을 한다. 이거 받았다고 한바탕 뛰며 가족들한테 칭찬을 받으면(우리 가족들은 백호가 다가오기만 해도 일단 칭찬해준다) 의기양양하게 간식을 물고 같이 먹고 싶은 사람을 간택한다. 무시를 하거나 잠깐만 기다려달라고 하면 바닥에다가 간식을 패대기질 치면서 "왕!!!!!" 하고 흰자를 내보이며 역정을 내신다. 간식은 꼭 푹신한 곳에서 먹어야 하기 때문에 소파 혹은 침대에서만 먹는다. 백호는 전생에 왕자로 태어나 아마도 마을 하나 정도는 구했을 것이고, 나는 백호의 수발상궁이었나 보다.

아무말 칭찬 대잔치

난 백호가 숨만 쉬어도 칭찬하고 호들갑 떨어준다. 백호가 나의 리액션
을 너무 좋아해서 정말 사소한 거 하나라도 다 칭찬받고 싶어 한다. 한창
일을 하고 있는데 불러서 보니까 자기 장난감 꺼내는 거 보라고⋯ "와
우리 백호 완전 대단하다 대학도 가겠네" 하고 칭찬해주니 신나서 장난
감을 다 꺼내고 있기도 하고, 거실 한가운데 벌렁 누워 있으면 "와 백호
최고야 완전 빵같아 우리 동네 파리바게뜨 식빵이 백호 보고 막 울겠다"
하고 아무 말로 막 칭찬해주니까 누워만 있어도 세상에서 제일 당당한
강아지가 된다. 눈만 마주치면 칭찬을 해주니 하루에 눈 마주치는 횟수
만도 오천 번은 될 것 같다.

주특기: 식빵

양몰이 개의 본능

백호가 온 후, 우리 집은 백호의 면봉 같은 다리에 최적화되었다. 내 높은 침대는 백호의 관절 건강에 치명적이었다. 털이 많이 빠지는 아이들은 이불이나 침대에 못 올라오게 하는 경우가 많다지만, 푹신한 곳에서 가족들과 붙어 있는 것을 좋아하는 백호에게 침대 금지 규칙을 강요하고 싶지 않았다. 그래서 내 침대는 중고로 팔아버리고 낮은 침대로 바꿨다. 지금 우리 집 침대 높이는 이불보다 약간 두꺼운 정도이다.

소파 위에서 간식 먹기를 좋아하는 백호를 위해 사람의 키에 맞춰진 소파 대신 좌식 소파를 맞췄다. 새 소파는 사람이 앉기에 불편해서 종종 바닥에 앉는 게 나을 정도이지만 백호는 15cm 높이의 소파에서 오늘도 안전하게 간식을 먹을 수 있다. 인테리어 공사와 가구 교체 후에는 이제 크게 돈 쓸 일은 없겠다 싶었지만 양몰이 대신 가족들을 몰아가며 매일같이 정신나간 뜀박질과 공 패대기치기를 멈추지 않는 백호의 관절을 위해 미끄럼 방지 매트를 시공했다. 가족들의 동의 없이 시공을 조금만 했었는데, 우리 집 귀한 왕자께서 매트 위를 거니는 것을 아바마마께서 보시고는 몹시도 흡족해하시며 "빈틈없이 다 깔아라" 하시니 그 명을 받잡겠나이다 하고 실행에 옮겼다.(백호력 4년) 개같이 벌어 정승처럼 쓰는 것이 아니라, 개같이 벌어 개에게 쓰는 것을 반복하고 있다.

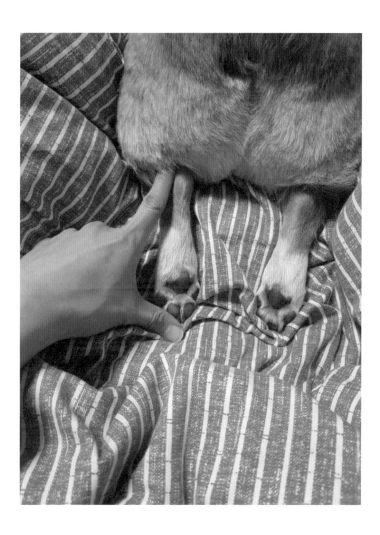

견주를 위한 인테리어 꿀팁!

• **콘센트:** 콘센트 박스에 어댑터와 콘센트를 넣어 수납한다. 전선에는 커버를 씌운다. 콘센트가 많은 컴퓨터 쪽이나 TV 쪽은 울타리로 가려 두는 것도 좋은 방법이다. 집 안에 콘센트를 없애기는 쉽지 않으니, 최대한 숨기고 가려놓는 수밖에 없다.

• **벽지:** 깨끗한 벽지는 포기하는 것이 베스트다. 후에 도배는 다시 하면 된다. 하지만 벽지로 모자라 안쪽의 석고벽까지 파는 아이들이 많으니(예를 들면 백호) 한 번 찢어진 벽지는 더 이상 찢어지는 부분 없이 깔끔하게 뜯어서 마무리하고, 울타리로 막아둔다. 강아지의 요정이 찾아와 아이에게 아주 조금의 이성을 선물해줘도 벽지는 계속 찢어지고 망가질 것이다….

• **가구:** 소파와 침대에는 반드시 계단이나 경사로를 놓아준다. 뛰어내리기 좋은 위치에는 PVC 쿠션매트를 깔아둬 관절이 받을 충격을 완화시켜주어야 한다. 가능하다면 가구를 낮은 것으로 교체하는 것이 좋다. 백호네 집… 아니 우리 집 침대는 이불보다 조금 두꺼운 정도로 낮

은 12cm짜리이고 소파는 좌식 소파를 사용하고 있다.

• **바닥:** 마룻바닥이 많은 아파트 특성상 반드시 미끄럼방지 매트를 깔아주거나, 카페트를 깔아주는 것이 좋다. 미끄러운 바닥과 높은 가구는 강아지들의 관절 문제 발생을 앞당길 수 있으니 현실적으로 가능한 선에서 최대한 해주면 좋다. 매트나 카페트를 깔아두면 청소가 번거로워지긴 하겠지만 아이가 다치는 것보다는 낫다.

Chapter 2

산책의 서막이
오르고

웰시코기 백호 산책 온라인

누가 까먹고 버린 밤송이 같았던 몸이 점점 길어지기 시작하면서 시장에서 천 원에 파는 핫바 같기도 했고, 워낙 잘 먹인 덕분에 배가 늘 뚱뚱해서 돼지감자처럼 보이기도 했다. 이때의 트위터를 보면 못생겼다는 이야기를 자주 적었다. 보시는 분들은 그저 고슴도치 누나의 빈말이라고 생각하셨겠지만 그때 백호는 정말 진심으로 못생겼었다. 못생김에 유통기한이 있다면 이때의 백호는 만 년짜리였다. 객관적으로는 아주 못생겼지만 내 새끼라서 사랑스러운 시기이긴 했다. 그렇게 긴 접종 기간과 백호 땅콩을 미국으로 보내는 중성화까지 끝마치고 나서 드디어 백호 견생의 가장 많은 부분을 차지하는 "산책"의 시기가 도래했다.

백호에게 배운 우리 동네

세상과 처음 만나는 백호에게 하나라도 더 보여주고 싶어서 산책을 다니며 수많은 사람들과 인사를 나눴다. 강아지들이 모이는 공원의 시간대를 알아내어 그 시간에 산책을 나가 다른 강아지들과도 함께 놀았다. 수많은 사람들과 만나는 과정에서 백호는 내가 아닌 다른 사람들에게 예쁨 받는 법을 배웠고, 강아지들과 만나 공놀이를 하고, 냄새를 맡고, 또 풀냄새를 맡는 법을 배웠다. 백호가 하나를 배울 때마다 나 역시도 하나씩 배웠다. 6년 동안 한동네에 살면서 인사하는 이웃 하나 없었던 나는 백호가 먼저 다가가 인사하는 사람들에게 "안녕하세요" 하며 인사를 건넸고 나이도 이름도 모르지만 함께 산책하고 이야기하고 공원에 놀러다니는 개친구들도 생겼다. 강아지로 생기는 인연이 존재한다는 것을 처음 알았다.

산책을 시작하며

백호는 걸음마를 배우기 전부터 지나가는 사람들한테 궁뎅이를 흔들기 시작했다. 이때 약간 '이상한 성격이네'라고 생각했지만 자라면서 변하 겠지 싶었다. 다 키워놓고 나니까 그냥 크고 이상한 개가 됐더라…. 백호 는 한 번이라도 들어갔던 가게는 그냥 지나치는 법이 없는데, 넉살이 좋 은 건지 낯짝이 두꺼운 건지 산책길에 좋아하는 가게 방향으로 가지 않 으면 일단 궁뎅이부터 바닥에 깔고 앉는다. 나는 이쪽으로 가야겠으니 당장 리드줄 운전을 똑바로 하던지, 아니면 나를 안고 가던지 알아서 하 라는 이야기다. 우리 동네 대형 마트에는 동물 병원이 입점해 있어 로비 까지 강아지 입장이 가능하다. 백호는 어려서부터 그곳에 가면 사람이 많으니 무조건 자신을 예뻐해주는 사람이 있을 것이라는 근거 없는 자 신감에 기초해 하루도 거르지 않고 대형 마트에 가자고 한다. 이제는 자 동문도 열 줄 알아서 자동문 앞에 머리를 살짝 들이밀어 문이 열리면 자 연스럽게 입장한다.

산책이 좋은 거야, 사람이 좋은 거야?
정답 : 사람이 많은 곳을 산책하는 것

백호는 집 근처 번화가에 가는 것을 세상에서 가장 좋아한다. 거기는 유동 인구가 많아서 자기를 예뻐해줄 사람들이 잔뜩인 곳이니까. 나는 백호가 사람을 좋아해도 어느 정도 한계치가 있을 것이라고 생각했다. 특히 번화가는 주말에 나가면 사람도 진이 빠질 만큼 정신없는 곳이다. '사람이 정말 숨 막힐 정도로 많으면 백호도 이제 자주 오자고는 안 하겠지?' 싶은 마음에 주말에 한 번 데리고 갔다가 행복해서 이 가게, 저 가게, 이 사람 저 사람한테 가서 궁뎅이 흔드는 백호 건사하랴, 내 몸 건사하랴 오히려 내 정신이 쏙 빠진 적이 있었다. 백호는 한계를 모르는데 백호를 키우는 나는 한계치가 낮아서 눈물이 다 날 지경이다.

백호는 오늘도 어딜 가나 자신을 예뻐해주는 사람이 없나 살피고, 문열린 가게엔 일단 한 번 멈춰서 자기가 왔다는 것을 어필하며, 자신의 단골 가게에는 무작정 들어가서 인사하고 나오는 것이 습관이 되었다. 산책길은 백호에겐 젖과 꿀이 흐르는 땅이었고, 내게는 어디로 튈지 모르는 험난한 DMZ였다.

설마 하던 백호 맞음

백호를 데리고 다니면서도 "만져도 될까요?" "인사해도 될까요?"라고 하시는 분들에게 나는 "정말 좋아하는데, 가까이 오시면 뽀뽀해요!!" 게임 NPC 대사처럼 자동으로 술술 말한다. 멀리서부터 강아지를 보고 잇몸 만개한 미소로 다가오시는 분들을 보면 이미 말할 준비가 되어 있다. "만져주셔도 괜찮아요. 그런데 사람 너무 좋아하니까 옷 더러워지지 않게 조심하세요" 하고. 내가 계속 이야기하는 게 귀찮은 게 아니라, 견주에게 말을 붙이기 어려워하시는 분들이 정말 많아서 백호 리드줄에 메시지를 적어넣기 시작했다.

"사람을 좋아해요" "다가오면 뽀뽀해요" "낯선 사람 좋아해요" "예쁘다고 해주세요" "귀엽다고 해주세요" "백호야 불러주세요" "실룩실룩실룩실룩" "개가 걷고 있어요"

신호등에서 신호를 대기하던 분들도 리드줄의 메시지를 보고 다가와 인사를 하셨고, 백호는 덩달아 더욱 즐거워했다. 등에 무슨 말이 써 있는지도 모르지만 언제나 낯선 사람이 다가와 먼저 인사해주는 것은 백호에게 허락된 유일한 마약이니까….

백호의 견지도가 올라갈수록, 백호인 것 같은데 백호라고 물어봐서 아니면 어쩌지 하고 난감해하시는 분들을 위해서 메시지를 하나 더 만들었다. "설마하던 백호맞음"

백호표 하네스

소리 지르며 데굴데굴

백호에게 허락된 '유일한!'까지는 아니고 몇 가지 마약 중에 하나가 잔디밭이다. 잔디밭에만 가면 살살 눈치를 보다가 바로 머리부터 잔디에 박고 누워서 '크학!! 크하!!!' 하는 소리를 내며 굴러다닌다. 그냥 귀엽게 살살 구르는 게 아니라, 백호가 한 번 눕고 일어나면 그 자리의 잔디가 뿌리까지 꺾일 정도로 격렬하게 구른다. 한두 번 구른 게 아니라 공원에서 강아지 친구들이랑 잘 놀던 백호가 갑자기 방향을 틀어 걸어가면 모두들 하나같이 "백호 시작이다" "백호 구르러 가네" 하고 구경을 할 정도였다. 백호는 특히 비 온 후의 잔디를 정말로 좋아한다. 흙 냄새와 풀 냄새가 진하게 풍기는 빗방울 맺힌 잔디는 백호에게 지상낙원인가 보다.

백호와 함께 온 가족이 여름 휴가를 갔던 날, 폭우가 쏟아졌다. 쏟아지는 비를 보며 테라스에서 백호 밥을 차려주고, 사람 가족도 밥을 먹으려고 하는데 갑자기 백호가 빗속으로 뛰쳐나갔다. 옆사람 목소리도 잘 들리지 않을 정도의 폭우 속 잔디 언덕을 굴러서 내려가는 백호를 보고 가족들이 밥숟가락 들 생각도 못하고 멍하니 쳐다만 봤다. 그렇게 행복하게 구르는 백호는 정말 처음이었다…. 한 시간을 넘게 구르더니 체력이 떨어졌는지 와서 밥을 먹고 또 빗속으로 뛰쳐나가 "크!!! 크하하하학!!!!" 하는 소리를 내지르며 구르는 백호는 우리 가족에게 날카로운 여름의 추억으로 남았다. 설마하니 놀러 가서 백호 목욕을 시킬 줄은 몰랐다….

백호 누나는 백호를
어떻게 키웠을까?

백호의 산책 후 케어

잔디에서 구르는 백호 피드를 올리는 날에는 "백호는 매일 목욕하나요?"
라는 질문을 자주 받는다. 강아지는 피부층이 얇아 목욕 주기는 최소 보
름 이상으로 잡아야 해서 백호도 한 달에 딱 두 번 목욕한다. 그런 만큼
잔디에서 구르고 침대에서도 구르는 백호 산책 후 케어가 중요한데, 백
호의 산책 후 케어 루틴은 아래와 같다.

1. 산책을 다녀와 입구에서 벌렁 눕는다.
2. 누워 계신 백호님의 하네스를 인간이 풀고, 안아서 욕실로 옮긴다.
3. 순한 강아지용 발비누로 발 네 개를 박박 씻는다.
4. 산책 때 붙은 잔디와 먼지 제거를 위해 전신 빗질을 한다.
5. 짧은 다리 때문에 특히 때가 탄 궁뎅이와 배에 클리너를 뿌리고, 젖은 수건
   으로 닦아준다.
6. 마른 수건으로 발과 배, 궁뎅이를 꼼꼼히 건조해준다.

이젠 숨 쉬듯이 익숙한 과정이라 자동화된 공장처럼 착착착 백호와
함께 손발을 맞춰 하니 15분 정도밖에 안 걸리지만, 백호가 어릴 때는

이 과정에서 시간도 오래 걸렸다.

집에 도착하면 발을 거실에 딛지 않는 것도 그렇고, 욕실에 들어가면 발도 순서대로 하나씩 탁탁 주는 걸 보면 귀찮아도 꼭 해야 하는 과정이라는 것을 백호도 아는 모양이다. 요즘은 미세먼지 이슈 때문에 루틴을 추가했다.

1. 인공눈물로 눈을 씻어준다.
2. 귀세정제로 귀를 씻어준다. (백호는 개방형 귀라서 반드시 귀도 닦아준다)
3. 전신에 세정 스프레이를 뿌려 전신을 꼼꼼하게 닦아준다.
4. 따뜻한 물을 많이 먹인다.

나는 미세먼지 수치가 최악이 아닐 때는 아주 짧게라도 그냥 나가는 편인데, 미세먼지 때문에 결막염에 걸린 적 있는 백호에게 야쿠르트 여사님들이 쓰시는 맞춤 모자를 씌우고(햇빛이 심한 날에도 씌운다. 강한 햇빛은 강아지 눈 건강에 좋지 않기 때문에 그늘막이 있는 것이 좋다) 30분을 넘기지 않으려고 애쓴다. 노견이라면 이마저도 최대한 지양하는 편이 좋다. 어리고 건강하더라도 다녀와서의 관리가 정말 중요하다. 환경이 원망스럽지만 우리가 할 수 있는 것은 케어뿐!

백호는 하나인데 별명은 오천오백 개

식빵처럼 생긴 걸로 유명한 웰시코기지만, 백호를 데리고 다니다보면 식빵이라는 말 외에도 정말 많은 대명사로 불렸다. 어린아이들은 여우라고 소리쳤고, 막 걸음마를 떼기 시작한 아기가 어묵이라고 부른 적도 있다. 공원으로 소풍 나온 아이들이 저기 송아지가 있다고 소리쳐서 나도 놀라 도시에 송아지가 어디 있지? 하고 아이가 가리키는 방향을 쳐다봤을 때 백호가 누워 있어서 차마 우리 집 강아지라고 말할 수 없었다.

어느 날은 공원에서 어떤 연세 지긋하신 할아버지께서 백호를 흐린 눈으로 한참 쳐다보시더니

"황소인가?"

"황소 맞구먼."

하고 자문자답을 하고 가셨던 일이 있었는데, 며칠이 지나지 않아 같은 공원에서 백호를 보고 옆으로 살짝 다가온 어린아이가

"햄스터인가요?"

라고 물어보았다. 이 어찌나 편견 없는 분들인가….

108

동네에서 뽀뽀 엄청 하고 다니는 강아지

백호는 동네에 출몰하는 빈도가 잦은 만큼 많은 분들을 만난다. 처음 만나는 분들도 먼저 인사를 해주시는데, 백호의 이름을 묻기도 전에 미친 듯이 흔드는 궁뎅이와 뽀뽀 공격을 받으시면 "네가 그 동네에서 뽀뽀 엄청 하고 다닌다는 코기구나?" "네가 그 백호니?"라며 알아봐주곤 한다. 그러면 뭔지 모르지만 자기를 알아봐주는 분들 덕에 더욱 신나서 더욱 날뛰는 백호와, 그 뒤에서 고개를 들지 못하고 있는 나. 부끄러움에도 등급이 있다면 나는 VVIP일 것이다.

이제는 산책 때마다 알아봐주시는 분들이 없으면 산책하고 돌아오는 길에 백호의 발걸음에 힘이 없어진다. '왜 오늘은 아무도 와서 인사를 안 해주지?' 하는 것처럼 실망 가득 궁뎅이로 터덜터덜 걸어서 집에 돌아가는 걸 보고 있자면 얼마나 어이가 없는지…, '지가 뭔데…'라는 생각에 헛웃음이 절로 나온다. 백호는 모를 것이다. 자기를 알아봐주는 사람이 왜 많은지, 누나랑 형들이 왜 멀리서부터 백호인가? 하며 다가오는지. SNS에서 자신이 얼마나 사랑을 받고 있는지. 가끔은 한글을 좀 알았으면 싶다가도, 한글을 모르는게 다행이다 싶기도 하다. 백호 성격에 한글을 읽을 줄 알았면 매일매일 SNS만 들여다보고 관심받기를 즐기는 SNS 중독견 신세를 면치 못했을 것이다.

오늘 처음 보는 분…

분실 신고: 저희 백호 눈치랑 지조를 잃어버렸습니다

백호는 눈치도, 지조도 없으니 매일 좋아하는 가게에 다 들어가려고 하고 나는 영업하는 가게에 자주 가는 것이 죄송해서 "어제는 하이마트 갔으니 반대쪽 길로 돌아서 가자" "홈플러스에 또 가자고 할 것이 뻔하니 오늘은 이 길로 가자" 하며 도망다니는 빚쟁이처럼 산책 루트를 짠다. 집에서 공원 가는 산책길 초입에 있는 하이마트에는 얼마나 뻔질나게 인사를 하러 다녔는지 결국에는 본사에서 사원증까지 받았다. 두 시간이넘는 산책에서 인사를 하는 가게가 평균 다섯 개 이상이니, 이쯤 되면 동네 토박이라고 불려도 부족함이 없다. 6년 넘게 살았던 동네에 인사하는이웃이나 가게는 한두 개도 되지 않았는데, 백호와 살면서 4년 동안 인사를 꼭 하고 주기적으로 들르는 가게가 30개 가까이 된다. 그동안 백호는 가게의 상호들까지 알아듣게 되어 "냠냠 사러 가자" 하면 간식 가게방향으로 알아서 나를 이끈다. 백호가 이끄는 미래의 산책길엔 얼마나새로운 가게가 늘어나고, 인사할 사람들이 더 있을까. 아무도 믿지 않지만 정말 내향적인 성격인 나는 두렵기 짝이 없다……

나는 단미에 반대하는 입장이지만 백호의 존재를 알았을 무렵 백호는 이미 단미가 끝난 상황이었다. 그래서 백호의 감정 표현을 어떻게 알 수 있을까? 하고 고민하던 시절이 있었다. 말도 안 되는 걱정이었다. 백호는 어려서부터 사람을 보면 귀를 눕히고 미친 듯이 궁뎅이를 흔들면서 인사를 하는 아이였는데, 지조라는 것을 엄마 뱃속에 두고 나온 타고난 성격도 있겠지만 백호에게 흔히들 말하는 사회화 시기에 수많은 사람을 만나게 하고, 그분들이 백호에게 "예쁘다" "귀엽다"라고 해주신 말 한마디들이 백호의 성격 형성에 어마어마한 영향을 끼쳤으리라. 백호는 산책을 하고, 사람을 만나면서 서서히 지금의 성격이 완성된 것이다. 덕분에 백호는 도둑을 쫓는 개의 전통적 본분을 홀랑 까먹었다. 도둑이 온다면 아마 집문서가 있는 곳으로 친절히 안내할 것이다. 백호한테 집을 지키라고 하느니 차라리 내가 지키는 게 낫다.

귀여움+귀여움=왕귀여움

중형견이 많지 않은 우리나라에서는 강아지가 조금만 커도 위협적으로 느끼시는 분들이 많아 '해치지 않아요'라는 마음에서 스카프를 매어주기 시작했다. 나중에는 목이 고목처럼 두꺼워져 맞는 스카프를 찾기가 힘들어 내 옷도 한 벌 안 떠주신 엄마가 백호 스카프는 계절별로, 색깔별로 떠주기 시작하셨다.

메시지 리드줄과 함께 봄에는 분홍색, 노란색 하네스를 하고, 여름에는 푸른 하네스, 가을에는 잿빛, 낙엽색의 하네스를 하고, 겨울에는 동네 백수 삼촌 같은 깔깔이를 입혀 산책한다. 비오는 날, 눈오는 날에도 산책을 하니 꿀벌 우비, 개구리 우비, UFO 우비, 빨간 유치원복 우비… 정말 별걸 다 샀다. 처음에는 옷이나 우비 입는 것도 싫어하던 백호는 자신이 옷을 입고 나간 날이면 지나가는 사람들이 "귀엽다" "어머, 쟤 옷 입은 것 좀 봐"라며 관심을 많이 준다는 것을 깨달은 뒤로는 옷만 입히면 신나서 온 집안을 뛰어다닌다. 옷 입은 날에는 걸음걸이도 더 씩씩하게 지나가는 사람들에게 웃으면서 다가간다. 이렇게 귀여운 나를 좀 보라며….

필요없는 내 옷이나 물건들은 대폭 줄이거나 소비를 줄였는데, 백호의 짐은 늘어나기만 해서 백호 옷이랑 용품만 넣어도 10자 장롱을 짜도 모자랄 것이다. 백호가 만약 사람 아이였다면 백화점 신상남으로 소문이 나고도 남았을 일이다.

개구리 우비

꿀벌 우비

유치원복 우비

UFO 우비

동네 개 친구

백호가 처음으로 사귄 친구는 같은 공원에서 산책하는 동갑내기 친구 슈나우저 '유별이'(반짝반짝 빛나는 별이 아니라 유별나서 유별이)이다. 공원을 산책하다가 "저기 별이 있다!" 하면 귀를 접고 순식간에 달려나간다. 백호보다 두 살 어린 웰시코기 가을이를 만나면 세상 즐겁게 몸을 비비며 인사를 나눈다. 백호가 어디론가 뛰어갈 때 "왜? 왜 그래?" 하고 함께 달려가 보면 그 끝에는 항상 백호가 좋아하는 친구들이 있다. 사람처럼 카톡으로 연락을 하고 만날 수 있는 것도 아니고, 오직 우연에 의해서 만날 수밖에 없는 친구들을 만나 행복해 할 때마다 안쓰러운 마음이 들어 백호가 이젠 다 놀았으니 집에 가자고 할 때까지 신나게 산책하고 공놀이를 함께 한다.

앞으로의 견생에도 백호에게 좋은 친구가 계속해서 생기길 바란다. 사람과는 통하지 않는 교감을 나누며, 누나 험담도 하고, 오늘 먹은 간식 이야기 등을 잔뜩 할 수 있는 친구가.

낯을 가리는 곳이 잘못된 낯짝

'백호는 당연히 강아지 친구들도 좋아하겠지?'라고 생각하겠지만 전혀
아니다. 백호는 사람을 보면 초면에도 뽀뽀를 하고 몸을 비비고 엉덩이
를 흔들며 반가워하지만 강아지들에게는 오히려 낯을 가리며 피한다. 낯
을 가려야 할 곳에선 안 가리고, 안 가려도 될 곳에서는 낯을 가리는 백
호다…. 어려서부터 공원 개모임에 나가 강아지 친구들을 수없이 만나게
해줬지만 아직도 강아지에게는 낯을 심하게 가리고 있다. 그래도 이제
다섯 번 이상 만나면 서먹하지 않게 인사를 할 수 있게 되어 다행이다.

백호가 산책 때 이따금씩 만나던 비글 친구가 있었다. 이 친구도 낯을 가리는 편이라 백호와는 데면데면하게 똥꼬인사 정도 하고 헤어지는 사이였다. 한바탕 소나기가 세차게 지나간 여름날, 큰 소낙비 덕분에 한낮에도 그리 덥지 않아 백호와 공원으로 산책을 나갔다. 백호가 이끄는 대로 아무 생각 없이 걸어가는데 익숙한 비글 한 마리가 목줄도 없이 비에 흠뻑 젖은 채로 백호 옆에 와서 가만히 앉았다. 목걸이가 없었지만 분명히 백호와 인사를 나누던 그 비글이었다. 직접 잡으려다가 혹시 더 멀리 도망갈까 싶어 구청 담당 부서에 전화했다. 공원 관리자분께는 주인이 있는 아이라고 말씀드리고 내 연락처를 적어서 드렸다. 집에 돌아와서 유기견 공고 사이트를 모두 뒤졌고, 비글을 잃어버렸다는 글을 찾아 아이의 행방을 알려드렸다. 백호의 동네 친구라서 사례금은 고사했다. 며칠 뒤 공원에서 이름표를 세 개나 달고 있는 그 아이를 만났다. 목줄도 대형견들이 쓰는 목줄을 차고 있었다. 만날 때마다 "이제 가출하지 마" 하고 인사를 한다. 그 비글 친구 이름은 루시였다. 루시는 엄마가 되어 이제는 새끼와 함께 산책을 다닌다. 집을 잃어버렸을 때처럼 와서 백호 옆에 앉는 일은 두 번 다시 없었다. 그때 얼마나 백호가 반가웠으면 그랬을까 싶다.

아파트 화단에서 만난 거북씨

백호와 산책하던 백호 형이 카톡으로 사진을 한 장 보냈다. 그저 '백호가 응가를 하고 있는 사진이라도 보냈나?' 싶어서 확인하니 백호가 화단에서 거북이 한 마리를 찾았다는 것이다. 나는 내가 본 카톡 내용이 잘못됐나 싶어 두 번이나 다시 읽어봤다. 거북이 사진과 백호가 거북이를 찾아내는 동영상이 도착했다. 대한민국 수도권 아파트 단지에서 거북이를 발견할 확률은 얼마나 될까. 그것도 한겨울에 강아지가 주울 확률은? 거북이를 담아올 만한 양은그릇과 비닐장갑, 나무젓가락을 챙겨 들고 백호가 거북이를 찾았다는 화단으로 달려가 보니 거북이는 흙을 파고 있었다. 비닐장갑을 끼고 거북이를 주워 집으로 데리고 왔다. 거북이는 꽤 컸는데, 집에서 탈출했다고 보기에는 화단과 아파트의 사이가 먼 편이었고 쓰레기장 바로 옆이라 아마 쓰레기봉투에 버려진 거북이가 다행히 탈출한 것 같았다. 깨끗한 물, 돌, 삶은 멸치와 함께 거북이를 큰 통에 넣어 두었다. 백호는 자기가 주워 온 비린내 나는 돌덩이가 움직이는 모습이 신기한지 잠도 안 자고 낮에는 거북이를 구경하다가 그 옆에서 낮잠을 잘 정도로 거북이 구경에 열을 올렸다. 거북이를 입양보내기 위해 거북씨(애칭)의 이야기를 트위터에 꾸준히 올렸고 거북씨는 다행히 라파엘이라는 이름으로 입양을 가서 아주 잘 살고 있다. 이때까지는 몰랐다. 이 이야기에 후속편이 있다는 것을….

거북 씨

거북씨 어게인

백호가 다니는 공원에는 작은 호수가 하나 있다. 다른 강아지 친구들은 호수에 뛰어들어 물장구를 치기도 하지만 우리 집 쫄보는 물은 구경하는 것이라는 신조를 갖고 있던 시절이라 호수를 바라보고 있었다. 그런데 백호가 쳐다보고 있는 것은 호수가 아니라 움직이는 돌덩이였다. 그것은 바로 도나텔로(가명)씨였다…. 누군가 공원 호수에 거북이를 유기했고, 백호는 그 거북이를 찾아낸 것이다. 얼핏 보기에는 정말 돌같이 생겨서 바로 옆에서 피크닉을 하시는 분들조차도 거북이의 존재를 몰랐는데, 비린내 나는 돌덩이를 한번 주워본 적이 있는 백호는 바로 거북씨를 알아본 것이다. 거북이 탐정으로 거듭난 백호 덕분에 그날부터 산책 가방 안에 항상 거북이 구조키트(비닐장갑. 커다란 지퍼백)를 들고 다녔다. 백호는 지금도 공원에 갈때마다 호수 속을 들여다본다. 참고로 거북씨(라파엘)를 발견한 화단도 아직까지 들여다보고 있다. 라파엘씨와 도나텔로씨의 안녕을 빌며… 앞으로는 우리 집 거북이 탐정에게 일감이 사라지길 바란다. 거북이 좀 버리지 마. 나쁜 인간들아!!!!!!!!!!!!!!!!!

여기 어디쯤 있음

강아지보다 고양이가 좋은 코기

강아지 다음으로 백호와 자주 만나는 건 고양이가 아닐까? 산책 나온 강아지들을 만나는 만큼이야 아니지만 길에서 마주치는 고양이 친구들도 많다.(고양이는 당연히 백호를 친구로 여기지 않는다) 백호는 오히려 강아지 친구보다는 고양이 친구들이랑 좀 더 인사를 잘하는 편이다. 어릴 때 다니는 병원의 터줏대감 고양이들한테 냥냥펀치를 두드려 맞은 뒤로는 어느 정도 거리를 두고 인사를 하는데, 고양이를 만나면 일단 멈춰 서서 궁뎅이를 살랑살랑 흔들면서 이만치 멀리서 킁킁거리며 냄새를 맡는다. 다가오는 강아지 친구는 싫어하고, 경계부터 하는 고양이 친구는 다가가고 싶어 한다니 정말로 어떻게 생겨먹은 낯짝인지 이해할 수가 없다.

백호의 견기척

백호는 사람 얼굴은 어떻게 기억하는 것일까? 낯선 사람도 좋아하는 백호가 아는 사람을 만나면 귀부터 접고 아주 반가운 얼굴로 다가가 앞발로 톡톡 건드려서 반갑다고 인사를 한다.

하루는 홈플러스에서 에스컬레이터를 타기 위해 백호를 안아들었더니, 백호가 한쪽 방향을 애타게 쳐다보면서 우애애애앵!!! 하는 소리를 내며 앞발을 버둥버둥거리길래 뭐지? 어릴 때 헤어진 친엄마라도 있어? 저기에? 하고 백호가 가리키는 방향으로 가봤더니 산책길에 백호한테 소고기를 주시는 고기집 사장님이 계셨다…. 사장님께서도 "아이구, 우리 백호가 날 알아봤구나. 어떻게, 지금 같이 가서 고기 줄까? 가게에 전화해둘 테니까 고기 받아가, 응?" 하시며 얼마나 즐거워하셨는지 모른다.

늘 고기집 앞에만 가면 일부러 가게 앞을 왔다갔다하면서 가게 안에 계신 사장님이 자신을 볼 수 있게끔 느리적 느리적 걷고, 백호가 고기를 얻어먹는 게 죄송스러워 건너편 길로 돌아서 가노라면 백호가 건너편의 사장님을 향해 "왕!!!!! 왕왕!!!!" 하고 힘껏 짖어서 자신의 존재를 피력한다. 그럴 때마다 사장님께서는 고기를 한 접시를 썰어서 갖고 나오시는데, 죄송한 마음에 아니라고 괜찮다고 극구 사양할 때마다 (당연히 백호는 그런 누나를 때리고 있음) 그럼 가져가서 먹여!! 하시며 고기를 한 웅큼 담아 손에 쥐어주신다. 이러니 백호가 일부러 견기척을 내가면서 고기

집 앞을 떠나지를 못하는 것이다. 고기집 방향으로 가야 한다며 떼를 쓰는 백호를 안아들고 "넌 양심도 없니?" 하며 홀렁 들고 반대 방향으로 뛴 적도 여러 번이다. 낮짝 두꺼운 백호와 달리 사람인 나는 예의를 중요시하는 한국인이라는 것을 저 아이가 이해해주길 간절히 소망하고 있지만 되도 않을 소망이겠지⋯. 화통하신 데다가 백호를 유달리 예뻐해주시는 사장님 덕분에 아빠는 손님들과 식사할 일이 있으시면 일부러 그 고기집에 가신단다. 우리 백호를 예뻐해주셔서 정말 감사하다고 꼭 인사하시면서.

선택적 기억력

강아지들은 생각보다 많은 것을 기억한다. 병원 검진 갈 일이 있을 때, 백호와 백호 형을 병원 뒤쪽 주차장에 내려주고 나는 볼일을 보러 갔다가 데리러 오겠노라 했다. 검진이 조금 일찍 끝났는지, 백호는 형을 잡아끌고 주차장 있는 곳으로 앞장서서 달려가더니 거기에 있어야 할 우리 집 빠방(차)과 누나가 없는 걸 보고 이상하다는 듯이 계속해서 주차장을 구석구석 찾아다녔단다. 분명히 여기에 오면 누나랑 차가 있을 줄 알고 왔는데 없으니 당황스러웠는지 형을 한번 보고, 차가 있던 자리를 보고 반복하면서.

지금도 거북이를 주웠던 장소를 기억하여 지나칠 때마다 한 번씩 들여다보고, 산책길에 우연히 북어를 주웠던(대체 북어가 왜 거기 있었지) 자리에선 한번 멈춰 주위를 둘러본다. 한 번이라도 예쁨을 받았던 가게는 절대 그냥 지나치지 않고 가게 앞에 멈춰선다. 다른 개들에겐 공포의 장소인 병원을 좋아하는 것도, 수많은 사람이 뒤섞인 마트에서 고기집 사장님을 알아보는 것도 모두 행복했던 순간을 기억하고 있어서다. 그런 백호를 볼 때마다 작은 머리통으로 별걸 다 기억하는구나 싶어 신기한 마음이 들다가도, 이렇게 많이 아는 애들을 길바닥에 매정하게 버리고 가는 사람들을 떠올리게 된다. 물론 백호는 주차장에 누나가 없는 걸 보고 다시 병원으로 뛰어가서 잘 놀았다고 한다….

백호의 남다른 산책길

사람이 객관적으로 봤을 때 가장 산책하기 좋은 산책로는 산을 끼고 도는 길과 잘 정돈된 산책로, 잔디밭이 있는 뒷공원이 으뜸이고, 횡단보도를 여러 번 건너야 하기는 하지만 코스가 긴 큰 공원이 두 번째요, 번화가는 후보에도 못 낄 것이다. 흐르는 강물을 거꾸로 거슬러 오르는 연어처럼 모든 예상을 반대로 달리는 우리 백호는 타코야키 집과 카페, 백화점, 서점들이 있고 드럭스토어들이 모여 있어 사람이 항상 북적거리는 번화가가 넘사벽 첫 번째 선호 코스이며, 두 번째는 산책 코스가 아주 길어 오래 걸을 수 있고, 하이마트와 홈플러스가 있는 큰 공원이 두 번째요, 누가 봐도 훌륭한 산책코스이며 동네의 모든 강아지들이 선호하는 산책로와 잔디가 있는 뒷 공원은 안중에도 없다. 그쪽 방향으로 가자고 하면 네 다리에 힘을 딱 주고 멈춰서서 절대 안 가겠노라 버틴다.

타코야키 산책로

번화가에 있는 타코야키 가게 사장님께서 백호에게 인사를 해주기 시작하면서 백호는 타코야키 가게로 직행하기 시작했다. 유명한 집이라 늘 가게 앞에 사람들이 줄을 서 있는데, 일부러 대기줄 옆을 왔다갔다 하면서 누군가 쓰다듬어줄 때까지 자신의 존재를 어필하고 쓰다듬을 받아낸다. 백호는 타코야키를 먹지도 못하면서 '타코야키'라는 말을 알고, '사장님'이라는 말도 안다. 위치에 따라서 사장님이 다른 것도 이해한다. 백호가 종종 고기를 얻어먹는 고기집 근처에 가서 '사장님'이라는 말을 하면 고기집 사장님이라는 것을 알고, 번화가에 가서 '사장님'이라는 말을 하면 타코야키 집 사장님으로 나눠서 이해하는 요사스러운 재주가 있다. 타코야키 집에 왔는데 사장님이 안 계시면 동공에 지진이 일어난다. 내가 왔는데 왜 안 계시지? 사장님이 왜 없지? 하고 한참을 가게 앞에서 서성거리다가 주저앉는다. 졸지에 나는 타코야키 집 사장님의 휴무일과 가게 휴점일을 외우게 되었다. 그렇게까지 타코야키를 사랑하는 사람은 아닌데, 내 개가 타코야키 가게를 사랑하는 바람에…. 후에 타코야키 가게 사모님께서 백호가 출입할 수 있도록 번화가에 강아지 동반 카페를 오픈하셨다는 이야기에 단골 협정을 맺었다. 번화가에 오면 자연스러운 발길로 타코야키 가게에 들러서 카페에 간다. 내가 가는 게 아니라 개비게이션을 장착한 백호가 알아서 간다.

씨익~

옷은 3XL인데 신발은 S

네 살 되던 해 겨울이었다. 산책을 다녀와 백호 발을 닦아주다가 발바닥에 뭉쳐 있는 피딱지를 발견했다. 여느 때와 같이 길바닥에 떨어진 쓰레기를 잘못 밟아 다쳤구나 싶어 소독을 해주고 잠들 때마다 약을 발라줬다. 하지만 다른 때에 비해서 유난히 발이 낫질 않아 병원에 갔더니 의사 선생님이 말했다. "이건요…. 피딱지가 아니라 산책을 너무 열심히 해서 발바닥에 생긴 굳은살이 터진 거예요…"라고 하셨다. 살다살다 다 큰 웰시코기가 산책하다가 발바닥에 굳은살 터져오는 건 처음 보셨다며 당분간이라도 산책을 제발 좀 줄이라 하셨는데, 백호에게 산책을 뺏는 건 가혹한 일이라 의료용 라텍스 신발을 사서 신기고 산책을 나갔다. 백호 몸 사이즈는 상세히 알았지만 신발 신길 일은 없어 백호가 네 살이 되어서야 발사이즈를 처음 알았다. 몸 사이즈는 3XL인데 발 사이즈는 S인 우리 백호… 발이 어찌나 작고 하찮던지…. 빨간색 신발을 신겼더니 영락없는 성냥개비 같아서 더 안쓰러운 백호 발에게 오늘도 수고했다고 말해주고 싶다.

웃는 백호

백호는 한 번이라도 자신을 예뻐해줬던 사람을 절대 잊지 않는다. 백호가 대뜸 다가가서 이산가족이라도 만난 듯 감격의 상봉을 하면 "안녕하세요~!" 하면서도 속으로는 '누구시지?' 하는 게 일상다반사다. 태어나서 처음 만난 사람이어도 상관없다. 눈이 마주치고 백호에게 웃어주는 그 순간 바로 백호는 궁뎅이를 흔들며 귀를 접는다.

씨익~

백호 치약, 칫솔

백호의 자랑은 튼튼하고 하얗게 빛나는 이빨이다. 이빨을 드러내면서 웃는 것을 좋아해서 그런지 유독 이빨 자랑 사진이 많은 편이다. 작은 쌀 알 같은 이빨을 훤히 드러내면서 우앵 하고 떼를 쓰는 것을 볼 때마다 내가 이빨 관리 하나는 정말 잘해줬구나 하고 뿌듯하다. 치아 건강은 강아지 수명을 결정하는 큰 부분인 만큼 양치 훈련에 신경써왔다. 양치질을 해주지 못하면 주기적으로 전신 마취를 해서 스케일링을 해야 하니, 사전에 관리해주는 것이 최선의 방법이다.

칫솔질 한 번에 경기를 일으키는 아이들도 있고 칫솔을 있는 힘껏 물어버리거나 도망치는 경우가 다반사이다. 이런 어려움 때문에 치석관리껌을 선택하기도 하지만 강아지의 치아 건강을 유지하는 데 양치질에 비해 효과가 현저히 부족하다. 어렵더라도 강아지의 건강을 위해 양치 훈련은 반드시 해줘야 한다.

무턱대고 칫솔을 입에 넣고 칫솔질을 시작하면, 강아지는 칫솔만 봐도 도망을 친다. 그러기에 단계적인 훈련이 필수다. 아래는 내가 했던 백호의 양치교육 과정이다.

첫 번째 주: 칫솔을 보여주기만 하고 냄새를 맡거나 건드리기만 해도 간식을 준다.

두 번째 주: 칫솔에 치약을 묻혀 맛보여주기만 하고 간식을 준다.

세 번째 주: 칫솔에 치약을 묻혀 입속에 살짝 넣기만 하고 간식을 준다.

네 번째 주: 칫솔질을 3초, 5초 이렇게 아주 짧은 시간부터 시작하여 점차 시간을 늘려간다.

위의 훈련과정에 호들갑스러울 만큼의 칭찬을 동반했다. 백호는 양치질을 산책만큼 좋아하지는 않지만 (당연하게도) 양치질을 하고 나면 누나가 칭찬을 해주고 간식을 준다는 것을 알기 때문에 칫솔을 보면 순순히 누워서 양치할 준비를 한다. 칫솔은 일반 칫솔보다 C사에서 나온 칫솔을 사용하고 있고 보상으로는 치석관리 껌을 준다. 양치질 후에는 아무것도 섭취하지 않는 것이 가장 좋지만 보상이 있어야 훈련이 용이하기 때문에 입에 잔여물이 남지 않는 치석관리 껌을 선택했다.

Chapter 3

낙하산을 타고
과장까지
초고속 승진

예쁜 쓰레기 구매 VIP

백호는 몸뚱이가 패밀리 레스토랑에서 주는 빵처럼 생겨서 맞는 옷을 찾기도 힘들거니와 이중모를 뒤집어쓴 덕에 정말 추운 날이나 비가 오는 날이 아니고서는 옷이 필요하지 않다. 하지만 부모의 마음은 그렇지 않은 법….

　돈 버는 낙을 내 새끼 백호에게 먹이는 것, 입고 쓰는 것에 둔 뒤로는 마음에 드는 용품을 볼 때마다 사들였다. 국내 쇼핑으로는 성에 차지 않아 일본과 미국 쇼핑몰까지 구경하다가 딱 한 번 사진 찍으면 도저히 쓸모도 없을 예쁜 쓰레기 같은 것들도 잔뜩 샀다. 원래 남이 사는 예쁜 쓰레기 구경이 최고로 즐거운 법이라, 코스튬 옷을 입은 백호 사진을 보며 즐거워하는 랜선 누나와 형들도 내 예쁜 쓰레기 쇼핑에 한몫하셨다.

백호 순찰대	백호 탐정	치어리더 백호
설빔 백호	선비 백호	오즈의 백호
백호 바라기	붕어빵 백호	소시지 세트

병원에서도 춤추는 궁뎅이

산책 중이던 백호가 모르는 사람에게 갑자기 달려가 앞발로 툭툭 치면서 안아달라고 몸을 비볐다. '얘가 왜이래?!'라고 생각하며 자세히 보니 주말에 아이들과 공원에 산책 나온 동물 병원 원장님이 계셨다. 가운을 벗고 계셔서 난 알아보지도 못했는데, 백호는 저 멀리서도 한눈에 원장님을 알아보고 달려가 안긴 것이다. 그때 원장님께서 얼마나 감격스러워 하셨는지…. 원장님은 '백호야, 어떻게 알아봤어? 선생님인줄 어떻게 알았어?'라고 하시며 백호를 둥기둥기 안아주셨다.

동물들에게 수의사는 자신이 가장 아플 때 만나는 사람이다. 그래서인지 동물들은 자신을 아프게 하는 사람이라고 생각해서 수의사를 싫어한다고 원장님이 말씀하신 적이 있다. 실제로 동물 병원에서 만나는 모든 강아지들은 짖고 있거나 병원을 빠져나가려고 하고 있다. 백호만 빼고…. 우리 애한테 오류난 줄 알았다.

분명히 아파 하길래 다급한 마음으로 백호를 데리고 병원에만 가면 백호는 언제 아팠냐는 듯이 활력이 넘치니 괜찮다는 진단을 받고 돌아오기 일쑤이다. "분명히 아팠는데… 엄청 힘이 없었어요… 정말이에요…"라고 말해봐야 1초에 다섯 번 이상 흔들리는 궁뎅이 앞에서 신뢰할 수 없는 말이었다.

백호는 병원 유리문을 열고 입장하는 순간 일단 진료실 문을 향해 돌

진한다. 진료실 앞에서 누나한테 저지당하면 접수를 해주시는 테크니션 선생님에게 궁뎅이를 흔들고 로비에서 대기 중인 보호자 분들께도 한 분 한 분 찾아가 인사한다. 주사를 맞을 때도, 혈액검사를 위해 채혈을 할 때도, 엑스레이를 찍기 위해 안겨갈 때도 행복에 취해 궁뎅이를 흔든 다. 아프다고 온종일 가족들한텐 우앵우앵 울어가며 짜다가도 병원에만 방문하면 아픔도 느껴지지 않는 걸까. 정말 어쩌라고 싶은 개다.

수의사 경력에서 흔치 않은 개

새로 오신 수의사 선생님은 백호의 열렬한 애교를 보시다가 "이제 주사 놓으면 애교도 끝이겠지…"라고 말씀하시며 주사를 놓으셨다. 그런데 주사를 맞고도 뽀뽀해달라는 백호를 보시고 "수의사 경력 중에 이런 애는 처음이에요…"라고 하셨다.

이어서 귀 검사, 체온 재기, 발톱 검사 등 강아지가 싫어하는 모든 진료를 다 마친 후에도 안아달라 뽀뽀해달라는 백호를 보시고는 이런 애는 처음이라고 놀라셨다. 나도 이럴 때마다 내 개의 속마음을 잘 모르겠다…. 병원에서 커미션이나 백마진이라도 받는 걸까….

이해할 수는 없지만 다행이다. 후에 나이가 들어 병원을 더 자주 방문하더라도 병원 가는 것으로 애먹을 일이 없을 것만으로도 감사하다. 날이 갈수록 백호가 알아듣는 말도 많고, 이해하는 상황도 많아져 정말 유치원생을 키우는 기분일 때가 많다. 하지만 부디 병원에 가고 싶어서 꾀병 부리는 방법은 몰랐으면 좋겠다. 이미 몇 번 경험한 것 같기는 한데, 아직은 모른다고 믿고 싶다.

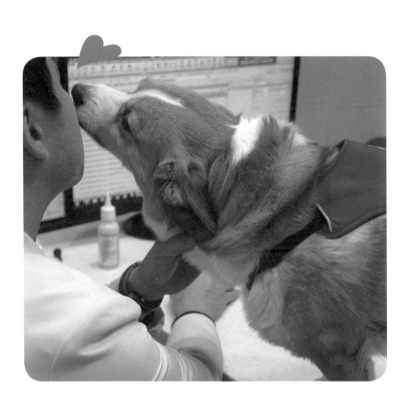

백호는 매달 월급도 받는다. 백호의 굿즈를 제작/판매/기부하는 용도의 개인 사업자를 하나 만들었는데, 회사명도 백호의 이름에서 따 BH코퍼레이션으로 만들었다. 백호는 낙하산으로 대리부터 시작해 과장으로 초고속 승진을 했고, 월급도 주고 있다. 직무는 '밥 잘 먹기', '건강하기'이다. 직무에서 눈부신 성과를 거두어 초고속 승진과 더불어 상여금도 주고 있다. 상여금은 주로 소고기나 양고기 갈비 한 대씩이다.

　월급의 목적은 보험을 대신해 백호가 아플 때를 대비한 적금 같은 것이다. 못해도 십만 원 이상 백호 앞으로 저금을 해둔다. 아빠에게 받은 용돈도 이 통장에 차곡차곡 모아두었다. 온갖 구실을 다 붙여 백호에게 틈만 나면 용돈을 이체한다. 감성이랑은 거리가 멀어 통장에 백호를 향한 메시지를 적어두지는 않지만 10월분 급여, 11월분 급여, 기분 좋아서 주는 상여금 등으로 기록해두었다. 올 연말에는 연봉 협상을 해야 하는데 백호가 아직 한글을 읽을 줄은 모르니 살짝만 인상해서 날치기 협상을 해야지.

연예인도 아니니 팬미팅은 아니고...
산책회는 어떨까요?

뜻밖에도 백호의 인기가 높아지고 나와 가족들은 한 가지 약속을 했다. 백호로 발생하게 될지도 모르는 수익에 기대지 말자는 것과 수익이 생기더라도 최대한 기부하자는 것이었다. 내가 돈에 초연하기 때문이 아니다. 나는 돈이 정말 정말 좋다. 단지 백호를 통해 올리는 수익을 기대하기 시작하면 백호가 싫어하는 일을 시켜 스트레스를 주게 될까봐 걱정됐다. 그래서 백호에게 즐거운 경험을 선물할 수 있거나, 유기견들에게 좋은 일을 할 수 있는 일을 하자는 약속을 했다. 백호의 복리후생을 위해서라면 내가 열심히 일하면 되니까.

그런 와중에 백호를 예뻐해주시는 분들께 백호를 만날 수 있는 기회를 마련해야겠다는 생각을 했다. 그리고 '개릴라 데이트(게릴라 아님)로 함께 산책을 하면 어떨까요?'라고 지나가듯 해본 이야기가 랜선 형 누나들의 뜨거운 호응을 받아 산책회로 이어졌다.

첫 번째 산책회는 서울이었다. 처음에 가족들과 친구들한테 "몇 분이나 오실까?" 했을 때 10명, 30명, 50명 대답은 제각각이었지만 100명까지 말하는 사람은 아무도 없었다. 설마하니 누가 강아지 얼굴을 보겠다고 황금 같은 토요일에 시간을 내서 와주실까 싶었다. 산책회 당일 날, 차에서 내리는 그 순간부터 상암 월드컵 경기장 공원에 오신 분들은 350

분이 넘었다. 정말 넉넉하게 챙겨간 기념품 200개가 순식간에 동났고, 내가 우편으로 보내드린 분이 150분이 넘었으니 백호는 생애 최고의 순간을 경험했다. 안전상의 문제로 함께 동행한 내 친구는 인근 주민분의 "여기서 뭐하는 거예요?"라는 물음에 차마 개 산책회라고 말할 수가 없어서 "그냥… 그냥 뭐해요"라고 대답했단다. 백호는 그때 견생 최고의 순간을 경험했다. 수많은 누나와 형들 사이에 둘러싸여 예쁘다, 귀엽다, 잘생겼다는 소리를 수백 번도 넘게 들었으니 백호에게 있어 그곳이 바로 천국이었다.

백호가 한국관광공사의 대한민국 구석구석 공익 광고 모델이 되면서 지방에 계신 누나와 형들도 만나러 가겠노라 약속을 했다. 그것이 12월에 했던 부산 산책회다. 서울에서보다는 덜 오시겠지 싶었는데 400분이 넘는 부산 누나와 형들이 백호를 보기 위해 오셨다. 서울, 경기도에서 오신 분들도 있었다. 산책회는 뭐 대단한 걸 하는 것도 아니다. 백호랑 인사를 하고, 함께 걷는 말 그대로 산책이다. 그런 산책회에 오신 분들이 400여 분. 거기에 백호가 깜짝 놀랐을 정도로 어마어마한 열기와 함성이었다. 놀란 것도 잠시 10분도 지나지 않아 자신을 예뻐해주기 위해 모인 사람들이라는 것을 깨닫고는 영국 왕세자님마냥 근엄한 표정으로 누나, 형들에게 인사를 했고 나중에는 마음껏 사진을 찍으라며 스스로 자세까지 잡아주었으니 정말 이놈도 난놈이다.

백호가 받는 사랑의 크기가 어느 정도인지 짐작이 가질 않았다. 그냥 우리 집 개가 더 이상 나만의 개가 아닌 수십만의 이웃 누나와 형들이 있는 개라는 것이 어찌나 기쁘고 행복한지. 내 사랑하는 아이가 다른 이들에게도 사랑받는다는 것을 실감하는 것은 놀라움 그 자체였다. 내가 백호에게 주는 사랑과 관심은 당연한 것이고 언제나 준비되어 있는 사랑이지만, 낯선 이들이 백호에게 보내주는 사랑과 관심은 내가 주는 사랑과는 전혀 다른 종류의 것이었다. 가족들이 아닌 낯선 이들이 백호에

게 사랑한다고, 귀엽다고, 건강하라고 건네주는 그 인사의 뜻을 백호가
온전히 이해할 수는 없겠지만 적어도 사랑의 말임은 분명히 알고 그 이
야기에 무척 행복해한다. 산책회를 할 때 형누나들이 찍어준 사진 속 웃
고 있는 백호는 내가 늘 보던 백호의 얼굴과는 또 달랐다. 백호가 그런
얼굴로 웃을 수 있도록 해주신 분들과 무한한 사랑과 안녕의 말을 전해
주신 분들에게 진심으로 감사드리는 것과, 이 사랑을 잊지 않고 되돌려
줄 수 있도록 하는 것이 나의 몫이다.

백호 누나는 백호를
어떻게 키웠을까?

생식

건강하고 배부르게 먹이고 싶은 마음에 백호에게 가장 잘 맞고 좋은 사료를 먹이면서도 마음 한구석에는 "언젠가는 생식을 해주고 싶다"라는 마음을 키우고 있었다. 생식에 대해 질문을 주시는 분들이 많아서 자주 받는 질문을 여기에 적어본다.

Q. 백호 누나는 왜 생식을 시작했나요?

A. 사료로는 부족함을 느꼈기 때문입니다. 고급 사료일수록 고단백 영양이 잘 압축되어 있죠. 그런 만큼 양은 적습니다. 그렇다고 영양의 질이 낮은 저품질 사료를 먹일 수는 없죠. 백호가 충분한 영양을 섭취해도 포만감을 느끼지 못할 때가 많아 대안으로 생식을 시작하게 되었습니다. 먼저, 생식이 만능은 아닙니다. 하지만 조건이 갖춰졌을 때 최상의 방법이 될 수 있습니다. 저는 그 조건에 대해 시간을 두고 준비했고요.

Q. 어떤 준비가 필요한가요?

A. 정육점에서는 신선한 내장을 구하기 힘들기 때문에 인터넷을 통해 직

거래할 수 있는 농장을 찾아야 합니다. 여러 농장으로부터 최소 수량 고기를 구입 후 반려견이 어떤 고기에 알레르기 반응이 있는지 소화력이 좋은지 관찰한 후 재료를 결정합니다.

Q. 백호식 레시피가 궁금해요.

A. 껍질을 벗긴 뼈에 붙은 조류의 고기(베이스 고기) 90g + 심장, 위, 허파, 간 등을 골고루 섞은 내장 20g + 살코기 20g + 채소 퓨레 30g (단호박이나 늙은 호박은 꼭 넣었고, 제철 채소를 익히거나 데쳐 잘게 썬다).

조리는 프랑켄프레이식과 바프식을 혼합했습니다.

생고기를 통째로 주는 방법도 좋은 방법이지만, 남은 고기의 보관과 위생이 염려되고, 모든 부위를 골고루 깔끔하게 급여가 가능한 데다 제철 채소, 과일과 신선한 고기의 각 부위를 직접 골라서 넣어줄 수 있다는 점, 또 밸런스를 맞춰줄 수 있다는 점이 바프+프랑켄프레이식의 장점입니다.

Q. 생식 해보니 어떤가요?

A. 가장 기쁜 것은 백호에게 식사를 즐기는 방법을 알려줬다는 것입니다. 겨울에 딸기를 식사 그릇 위에 얹어주면 우리가 디저트를 먹듯이 딸기를 바닥에 내려놓고 고기부터 먹고 마지막에 딸기를 집어먹기도 했고, 몇 번 먹어보고 나서 그다지 입에 맞지 않는 채소는 맨 마지막까지 남겨서 고기향과 핏물이 배어들면 먹는 방법도 알게 된 것이죠. 영양 섭취를 넘어 식사의 즐거움을 알게 된 백호를 보는 기쁨이 가장

큽니다. 건강 측면에서 보면 백호에게 자주 생기던 요로계 질환이 사라졌습니다. 섭취하는 수분량이 늘어나서 소변량도 많아졌고 배변 상태가 좋아졌습니다.

Q. 생식을 해보고는 싶은데 사료처럼 간편히 해볼 수 없을까요?
A. 제가 아는 한 아직 그런 방법은 없습니다. 생식은 '조건이 갖춰졌을 때' 최선입니다. 저는 매번 생식을 만들 때 일곱 가지 원칙이 있습니다.

1. 무항생제, 동물복지 인증마크가 있는 고기를 사용해서 생식을 만든다.
2. 내장을 반드시 먹인다. 신선한 내장 수급이 어려운 경우, 그린트라이프 캔을 사용한다.
3. 네 발 달린 동물의 뼈는 베이스 고기로 삼지 않는다. 네 발 척추동물의 뼈는 단단해서 이빨이 부러지는 경우가 있다.
4. 베이스 고기는 조류로 하되, 반드시 뼈와 고기가 붙어 있는 생육을 사용하며 살코기나 내장은 베이스 고기와 다른 종류의 단백질원을 사용한다. 베이스 고기는 닭, 살코기는 오리, 내장은 염소 등.
5. 한 달 치 식사를 만들어 급냉시키고, 여름에는 주기를 조금 더 짧게 자주 만든다.
6. 영양제를 함께 급여한다.
7. 6개월에 한 번씩 혈액 검사를 한다.

한눈에 보기에도 손이 많이 가죠. 뿐만 아니라 기성품이 아니기 때문에 만일을 대비해 일지를 써야 합니다. 끝이 아닙니다. 백호는 사료를 사용할 때보다 세 배 정도의 식비가 지출되고 있습니다. 이마저도 백호 생식을 위해 주말농장을 시작해 직접 야채를 재배하고 있기 때문에 절약이 된 상태입니다. 모든 것을 구매하려면 10배 가까운 식비가 지출될 수 있습니다. 많은 노력과 돈, 시간을 투입해야 하는 것이죠. 생식이 항상 정답은 아닙니다. 생식이 아니더라도 일반 사료에서 나은 변화를 주고 싶으시다면 사료의 주 단백질원을 바꾸거나 건식사료에서 동결건조 사료로 바꾸는 제안드립니다. 동결건조 사료는 건사료만큼 보관이 용이하고 대체로 기호성도 뛰어난 편이니까요.

사진 찍기는 백호가 좋아하는 놀이

백호는 카메라를 정말 잘 쳐다본다. 카메라를 들고 있는 나를 잘 쳐다본다는 말이 맞겠지만, 사진 촬영에 스트레스를 받지 않고 내가 음식이나 택배 사진 등을 찍고 있을 때면 셔터 소리를 듣고 '나 찍는 거지?' 하면서 헤헤 웃으며 나타난다. 덕분에 내가 촬영한 대부분의 인증샷에는 백호가 함께 찍혀 있다. 주객전도가 되어 인증샷이 더 이상 인증샷이 아니라 백호 사진에 소품이 함께 찍히는 것이 되어버리지만…. 백호가 카메라를 즐기게 된 것은 나와 놀면서 찍는 상황이 익숙하기 때문일 것이다. 웃긴 사진을 찍게 되면 깔깔 웃으면서 "백호야 이 표정 뭐야?" 하며 사진을 보여주며 말을 거는 그 상황이 백호에게도 즐겁고, 재미난 놀이의 연장선이기 때문일 것이다.

나는 백호의 순간을 계속해서 사진으로 남기고 싶다. 내가 SNS를 시작한 이유가 백호가 먼 훗날 무지개 다리를 건너고 난 후에도 흐려지는 기억을 보다 선명히 기억할 수 있는 사진으로 남겨 기록해두고 싶었기 때문이니까. 그러려면 촬영은 백호에게 부담이 없는 재밌는 놀이여야 한다. 못 나온 사진도 상관없고, 항상 웃고 있지 않아도 괜찮다. 흔들린 사진도, 포커스가 나간 사진도 괜찮다. 백호가 살아가는 시간 동안 내가 카메라 뷰파인더 너머로 바라보는 시간들이 그저 숨 쉬듯 자연스러운 장면으로 남기를 바란다.

백호는 언제 대머리가 될까?

하루쯤은 청소를 쉬고 넘어갈까? 하면 집안 구석구석에 미국 서부영화에서 굴러다니는 덩굴풀처럼 백호의 털이 날아다니다가 구석으로 몰리면 흰 눈덩이가 되어버린다. 먼지는 먼지를 부른다고, 그 털 덩어리는 끝없이 공급되는 백호의 털을 양분 삼아 탁구공 크기였던 것이 순식간에 야구공보다 커진다. 걸을 때마다 발에 채이는 털 덩어리를 외면하는 것도 한두 번이다. 우리 집에서 청소를 쉰다는 것은 그런 것이다. SNS를 하며 처음으로 협찬을 받은 로봇 청소기 덕분에 그나마 청소 시간이 많이 단축되었다. 청소기를 도대체 몇 대나 교체했던가. 백호의 털을 감당하지 못한 청소기가 몇 번이나 고장나곤 했다. 건강하니까 털도 많이 나고 빠지는 것이라며 가족들은 백호의 털덩이를 주우며 늘 백호에게 칭찬을 한마디씩 덧붙인다. 산책을 다녀오면 전신 빗질을 해주고, 환절기에는 털이 더더욱 많이 빠지니 영양제 급여에 조금 더 신경 쓰는 정도다. 털이 많이 빠지는 것은 백호의 탓이 아니니 더 열심히 청소하면 된다. 우리 집은 청소기도 네 대이다. 청소기마다 쓰임새가 모두 다르고, 지금의 청소기가 또 언제 고장날지 모르니 오늘도 새로 나오는 청소기 리뷰를 찾아본다.

기부 천사 백호

"백호처럼 행복해 보이는 강아지를 본 적이 없어요"라는 말을 많이 듣는다. 세상 모든 반려동물들은 백호처럼 표정이 다양해지고, 의사표현도 할 수 있다. 방송 때문에 유행에 휩쓸려 무분별하게 입양되었다가 길거리에 버려지는 그 모든 아이들도 백호와 똑같이 살 수 있는 아이들이었다. 어떤 아이도 백호가 될 수 있었다.

나는 그 아이들을 위해 수많은 랜선 누나와 형들 덕에 높아진 백호의 견지도를 사용하기로 했다. 광고와 협찬 대신 유기된 반려동물의 주인을 찾는 전단지를 리트윗했다. 굿즈를 판매해 얻은 수익으로는 유기동물 센터에 필요한 물품을 구매해 기부했다. 사람들이 백호에게 준 사랑으로 만들어진 영향력을 온기로 바꾸어 수많은 아이들에게도 나눠주고 싶었다.

아주 나중에, 백호가 무지개다리를 건너게 되는 날이 올 것이다. 많은 분들께서 아주 이따금씩 백호를 추억해주실 때, '백호가 좋은 일 참 많이 했어' 하고 한 번씩 더 기억해주실 수 있기를 바란다. 백호가 매일매일 행복하도록, 또 계속해서 백호의 이름으로 선한 영향력을 나누며 노력하기를 멈추지 않을 것이다.

짧은 다리로 허우적

어느 날 백호가 관절 이상 증상을 보였다. 눈에 확연히 드러나지는 않았지만 평소와 아주 미세하게 다른 걸음걸이로 걷는 것을 바로 캐치해 병원에 가서 검사했다. 검사 결과 왼쪽 뒷다리가 약간 탈구된 아탈구 진단을 받았다. 백호는 근육의 발달 상태가 아주 좋은 데다가 조기 발견 덕분에 수술보다는 약물 치료를 진행하기로 했다. 정상 몸무게 범위였지만 관절에 가는 무리를 최소화하기 위해 생식 식단 레시피를 다시 짜서 다이어트도 시켰다. 재활 훈련을 위해 급한 대로 아동용 풀장을 구매해서 따뜻한 물을 얕게 채우고 백호를 안아 올려 스스로 물 속에서 걸을 수 있게 했다. 온 가족이 적극적으로 백호를 케어했고, 백호가 걷는 영상을 찍어 비교하며 다리를 저는 현상이 있는지, 걸음걸이에 이상이 있는지 비교하며 체크했다. 한 달 뒤에 다시 실시한 검사에서 상태가 좋아졌으며 현상 유지만 하면 된다는 결과를 받자 큰 숙제를 끝낸 기분이었다. 앞으로의 관리가 더 중요하다는 것을 알지만 이렇게 해서도 나아지지 않는다면 수술을 반드시 염두에 두어야 하는 상황이었으니까. 백호가 아주 긴 시간 동안 자신의 발로 씩씩하게 산책할 수 있도록 옆에서 도와주는 것이 나의 몫이기에 오늘도 백호가 잠들면 다리 마사지를 해주며 '튼튼해져라~' 하며 주문을 외운다.

아침에 잠에서 깨어나 밥 먹으러 가는 백호가 다리를 절고 있었다. 엄마
의 이야기에 가족들 단톡방에선 난리가 났다. 당장 시간이 되는 오빠더
러 얼른 백호 데리고 병원 다녀오라고 닦달을 해서 급히 운전해 병원에
가서 검진을 받고 보내준 카톡은

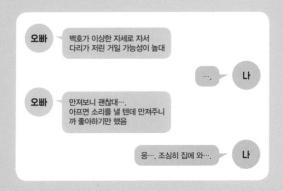

맨날 뒤집어져서 520가지 이상한 자세로 잠을 자서 다리가 잠깐 저린
것 뿐이었다니… 친구는 이제 병원 가기 전에 조금은 지켜보고 생각이
라는 것을 해본 후에 가라고 할 정도였다. 백호는 덕분에 사랑하는 병원
에 가서 무척이나 행복해했다니 그나마 다행이다….

생일 파티

백호는 태어나서 꼭 네 번의 생일 파티를 했다. 레벨 4에 이르기까지 매번 가족들끼리 모여 생일 파티를 열어주었다. 매년 백호의 생일에 무슨 케이크를 만들어야 하나 고민한다. 나는 전직 파티셰였기에 처음에는 예쁘고 알록달록한 강아지용 케이크를 만들어주려고 생각했는데, 생일에는 가장 좋아하는 음식을 먹어야 더욱 행복한 일이라 매번 백호의 케이크 주제는 '고기'였다.

첫 번째 생일에는 닭을 한 마리 통째로 오븐에 구워 살을 몽땅 발라주었고, 두 번째 생일에는 껌에다가 소고기를 갈아서 몽둥이 모양으로 붙여 백호에게 선물했다.

세 번째 생일 때는 워낙 바빠 뭘 만들어줄 틈이 없어 정육점에 가서 "한우 갈비랑 홍두깨살로 선물세트 좀 만들어주세요"라고 했더니 "홍두깨 살은 선물에 잘 안 넣는데요?" 하시기에 "저희 집 강아지 줄 거니까 괜찮아요" 하고 말씀드렸다. 정육점을 10년 넘게 하시면서 강아지 주겠다고 한우 선물세트를 사가는 손님은 처음 봤다고 하시면서 강아지 생일 축하한다고 고기도 많이 주셨다. 바빠서 성의 없었던 선물이었지만 백호가 가장 좋아했다는 것은 말하지 않아도 모두 아시리라 믿는다….

네 살 되던 날에는 생식을 시작하면서 적절한 밥그릇을 찾지 못해 방황하던 중, 주부들에게 대인기인 폴란드 그릇(특징: 예쁘고 비싸다) 중에

182

Lv.1

LEVEL UP!
Lv.2

LEVEL UP!
백호 생일 삼년차면
한우케이크를 받는다
Lv.3

LEVEL UP!
Lv.4

서 강아지 밥그릇이 있기에 두 개 사서 한우 스테이크 고기를 가득 담아주었다. 아빠는 우리 막내아들의 생일이라며 용돈을 준비했다고 하시며 흰 봉투 앞면에는 한자로 '生日祝賀해 백호야!', 뒷면에는 '아빠가'라고 써서 돈봉투를 준비해뒀다가 백호 입에 물려주셨다… 한문은커녕 한글도 읽을 줄 모르는 개한테 흰 봉투에 축서를 써서 용돈을 넣어주시는 분도 웃기고, 그걸 또 좋다고 잽싸게 입으로 받아서 자기 방으로 뛰어가 봉투를 찢어 돈을 꺼내는 개도 웃긴다…

다섯 살, 여섯 살, 일곱 살의 백호는 어떤 모습일지 기대된다. 백호가 나이 먹는 것이 무섭지 않다면 거짓말이겠지만, 백호의 다섯 살과 열 살, 열다섯 살의 모습이 기대되고 궁금한 마음이 더 크다. 그때의 백호는 어떤 모습일까? 나와 함께 몇 번의 생일을 보낼지는 모르겠지만 언제나 힘껏 축하해주고 생일파티를 해줄 준비가 되어 있다.

Lv.4

강아지도 사람과 함께 살려면 질서를 지켜야 해

백호는 내가 일할 시간도 없이 끊임없이 놀아주기를 원한다. 백호랑 온몸으로 씨름을 하고, 집안을 뛰어다니며 숨바꼭질을 하고, 공놀이에 광란의 삑삑이 연주를 함께 해도 만족하지 않는다. 나도 계속 놀아주고 싶지만 백호를 먹여 살리려면 산업 역군이 되어 돈벌이에 충실해야 한다. 그럴 때마다 분노 조절을 하지 못해 누나에게 왕!!! (못 알아 듣지만 분명히 욕이다) 하고 크게 짖을 때가 있다. 아파트에 이웃들과 함께 사는 입장이니 그런 때는 제지를 한다. 그럴 때는 느슨한 목줄을 걸어 백호가 약간 불편할 정도의 제약을 주는 것으로 '하면 안 된다'라는 것을 알려준다. 어릴 때부터 이것이 백호와의 약속이었고 우리 가족의 교육 방법이었다. 주택에 산다면 얼마든지 짖어도 되고, 백호가 큰소리로 자기 의사를 표시해도 괜찮지만 우리는 공동생활을 하는 아파트에 살기 때문에 반드시 지켜야 할 생활 규범이 있다. 백호의 습관을 우리에게 맞추는 것과 동시에 텃밭에서 농사 지은 농작물이나 집에서 만든 요리 같은 것들을 나눠드리며 항상 "저희 집에 강아지가 있는데 가끔 짖는 소리가 들릴 수도 있어요. 죄송합니다" 하고 인사를 한다.

언제나 배려해주셔서
진심으로 감사드립니다.
좋은 이웃이 될 수 있도록
늘 노력하겠습니다.
-백호네

뽀뽀귀신 백호

예전에 일 관련해서 강아지 훈련사분을 만난 적이 있다. 그날 만난 훈련
사께서 백호를 보시더니 대뜸 "빵!" 하시는 거다. 백호는 깜짝 놀라 내 뒤
에 숨어서 안아달라고 난리가 났었다. 훈련사께서는 "웰시코기들 머리
도 좋은데 빵(총에 맞은 척 넘어지는 재주)도 못해요? 왜 안 가르치셨어요?"
하시기에 그냥 웃고 말았던 적이 있다. 백호에게는 필수적인 콜링(이름
을 부르면 달려오는 것)과 기다려 훈련만 열심히 시켰다. 우리 집 개로 평생
살 백호에게 다양한 개인기가 필요해 보이지 않았다.

그런데 어느 날 오빠가 배 위에 백호를 올려두고 "뽀뽀"라고 딱 한 번
말한 적이 있다. 그 순간 바로 알아듣더니 온 가족 입에 뽀뽀를 하고 다
녔다. 이 녀석이 그동안 못한 게 아니라 안 한 거였다. 정말로 선택적 학
습 능력이다. 그때부터 뽀뽀귀신이 된 백호는 가족들에게는 눈높이가
맞을 때마다, 혹은 뽀뽀를 하고 싶으니 당장 허리를 숙이라고 종아리를
걷어차는 것도 모자라 낯선 이들에게도 서슴없이 뽀뽀를 하고 다녔다.
길에서 낯선 이에게도 서슴없이 다가가 툭툭 치고 인사하는 백호를 쓰
다듬어주려는 분들에게 "가까이 가면 뽀뽀해요. 조심하세요"라는 말
을 수도 없이 하다가 결국엔 하네스랑 리드줄에 써붙이고 다니기 시작
했다. 백호가 양치를 열심히 해야 하는 이유 중 하나다.

우리 샵은 강아지 데려와도 돼요! 꼭 데려와요!

백호가 여기저기 다니는 것을 보신 분들께서 백호네 동네는 강아지 친화적인 동네인 것 같다고 하시는데, 강아지를 키우는 사람이 워낙 많은 곳이라 그런 점도 있지만 무엇보다 강아지와 동반 가능한 곳만을 골라서 다니는 덕분이다. 백호가 오기 전부터 내가 다니던 미용실 담당 선생님께 내가 강아지를 데려왔다고 말씀드리니 "우리 샵은 강아지 데려와도 돼요! 꼭 데려와요!!" 하시며 먼저 권해주셔서 예약할 때마다 "백호도 함께 갈게요" 하고 말씀드리고 방문한다. 워낙 오래 다닌 곳이라 내 이름을 알고 계신 스텝 분들도 계시지만 새로 오신 분들은 나를 '백호 누나'로 기억하셔서, 백호 없이 머리라도 하러 가는 날이면 "왜… 혼자 오셨어요…? 백호는요…?" 하고 아쉬움이 뚝뚝 흐르는 목소리로 인사를 해주신다. 머리를 하는 것은 나인데…. 덕분에 백호랑 함께 가겠다고 예약한 날에는 백호가 좋아하는 고구마를 준비해주시기도 하고, 백호와 모두 인사를 해주신다.

하이마트도 그렇다. 전자제품을 사러 갔을 때 내가 백호를 데리고 바깥에서 기다리고 있었더니 문을 활짝 열어주시면서 "저희 매장은 강아지 들어와도 괜찮아요!" 하고 반겨주셨다. 처음 발을 들였을 때만 해도 큰 공원 가는 길에 있는 하이마트에 매번 들르다가 사원증까지 받을 수 있을 줄은 몰랐지….

내가 눕는 곳이 곧 침대이니라

여름에 친한 동네 강아지 친구랑 함께 수영장에 갔다. 처음 간 곳이라 백호가 혹여 수영을 잘 안 하면 어쩌나 싶었는데, 신나게 수영을 하던 백호가 갑자기 안 보이길래 "백호 어디 갔지?" 했더니 놀러오신 다른 분들이 "코기 저기서 자고 있어요"라고 해서 내려가 보니 나무 그늘 밑에서 코까지 골며 하고 자고 있었다. 수영하다가 피곤해지니까 내려가서 아까 봐둔 나무그늘 명당자리에서 자고 있었던 거다. 그래…. 수영하면 피곤하지…. 자유로운 영혼도 정도껏 자유로워야지…. 내가 도대체 무슨 걱정을 했던 걸까. 핸드폰을 수리하러 간 센터에서도 드러누워 코를 골며 자고, 처음 본 사람한테도 뽀뽀부터 하는 우리 애의 맨틀만큼이나 두꺼운 멘탈을 너무 우습게 봤던 것이다. 사실 이런 성격이라 어딜 가더라도 편히 데려갈 수 있다는 장점도 있다. 제 예쁨은 스스로 쟁취하는 애라서 낯선 장소에 가더라도 여기저기 돌아다니며 인사하고, 예쁨 받기를 기꺼워하는 성격이기에 어디든 함께 갈 수 있어서 다행이다.

한반도의 날씨에 적응한 한국 감아지

백호 집, 아니 우리 집은 1층이라 밖에 사람들이 지나다니는 것도, 차가 지나다니는 것도 가까이 보인다. 아마 백호는 워낙 다리가 짧아서 그 끄트머리만 슬쩍 보일 테지만 그래도 틈만 나면 베란다 앞에 앉아 바깥을 구경한다. 우리 베란다 밖에는 아주 큰 나무 한 그루가 있다. 백호가 그 나무에 새들이 오고가는 것을 구경할 때면 베란다 앞에 방석을 갖다준다. 편히 앉아서 구경하라고 자리를 깔아주면 냉큼 올라가 앉아서 새 구경을 하고, 바람에 잎이 흔들리는 걸 쳐다보고 있다. 꽃이 피어나고 새 잔디가 올라오는 봄에는 온몸을 부비고, 꽃 향기를 맡으며 기뻐한다. 비가 내릴 땐 창문에 빗물이 토독토독 흐르는 걸 보고 '오늘은 산책을 못 가겠구나'라는 것을 눈치챈다. 그렇다고 해서 산책을 안 나가는 걸 조용히 납득하는 것은 절대 아니지만… 어쨌든 베란다는 백호의 일기예보다.

여름! 너무! 더워! 에어컨을! 틀어!

2018년 여름이 얼마나 더웠던가. 하루 종일 24도로 맞춰진 집 안에서 간식 먹고 맘마 먹고 공놀이를 하다 보니 불지옥을 망각하고 또 산책 나가자고 엄청나게 떼쓰길래, 베란다에 데리고 나가서 뜨거운 바람 쐬어주니 믿을 수 없다는 표정으로 산책 못 나가는 것을 이해하더라. 에어컨 앞에 누워 에어컨을 켜주지 않으면 앞발로 에어컨을 팡팡 때리며 여기서 왜 시원한 바람이 안 나오냐며 화를 낸다. "백호야 에어컨 켜줄게" 하면 새롭게 알아듣기 시작한 에어컨이라는 말에 달려나와 선풍기와 에어컨 사이 명당에 딱 자리 잡고 시원한 바람을 쐬며 내내 누워 있다. 불볕같이 더운 여름날, 쿨조끼를 입히고 목에 얼음스카프를 둘러 어두워졌으니 산책 나가자고 이끌고 나갔더니 시원한 에어컨이 켜진 집안과 바깥의 온도차에 깜짝 놀라 다시 에어컨이 있는 집으로 들어가자며 백스텝을 했다. 산책을 하루라도 안 나가면 누나를 들들 볶다 못해 나중에는 와서 앞발로 두들겨 패기까지 하던 백호가 산책을 포기하다니….

#3년 전

#3년 후

가을을 즐기는 것도 좋지만 너는 적당히 해줬으면 하는 바람이 있다

가을에는 바람에 떨어지는 낙엽을 베란다 앞에서 구경하고, 또 바닥에 한가득 쌓이는 알록달록 낙엽을 그 짧은 다리로 수영하듯이 돌아다니며 익어서 떨어진 작은 열매들을 누나와 하나씩 주워 모은다. 백호 다리만큼 짧은 찰나의 가을을 즐기는 것도 좋지만 백호는 가끔 좀 작작 즐겨줬으면 할 때도 있다…. 어쨌든 내가 가장 좋아하는 계절을 나의 개도 좋아한다는 것은 정말 행복한 일이다. 체감 온도 40도에 육박하던 한반도는 몇 개월 만에 체감 온도 20도까지 떨어지는 기적의 온도차를 보여준다. 그런 한반도에 사는 백호는 전기장판에 몸을 지지며 코를 골 줄 아는 개린이가 되었다. 누나가 누워 있는 찜질팩을 강탈해서 온몸을 찜질하며 자는 애한테 산책을 가자고 깨웠더니 '전기장판에서 잘까, 산책 나갈까' 하고 맹렬히 고민을 하더니 결국 뜨듯한 찜질팩을 선택하는 백호….

이만하면 한국의 사계절에 완벽하게 적응한 개라 할 수 있지 않을까.

백호 누나가 아닌 나는 마음을 표현하는 데 박한 편이다. 주위 사람들에게 속마음을 이야기하는 것이 부끄럽고 낯설어 말을 아끼는 것에 익숙하다. 하지만 백호와 눈이 마주치면 언제나 '예쁘다' '귀엽다' '사랑스럽다'라고 말해주고 있다. 백호에게는 하나의 마음이라도 모두 말해주고 싶다. 흘러넘치는 이 마음을 굳이 아끼고 감추고 싶지 않다. 자기 전에는 '언제나 사랑해, 오늘 하루도 재밌었지? 잘 자, 내일 봐' 하고 인사를 하며 꼭 끌어안아준다. 산책을 다녀와서 발을 씻을 때는 백호야 오늘 산책 어땠어? 내일은 어딜 갈까? 하고 물어보며 발을 닦아준다. 공원에 가서 백호가 나무 냄새를 맡으면 "나무 안녕"이라고, 물 속을 들여다볼 때는 "백호야 저기 나뭇잎 흘러가네"라고 끊임없이 말한다. 말이 통하지 않아도 백호가 내 말의 온도를 느끼고 있다고 믿는다. 산책을 하다가도 수십 번씩 뒤를 돌아 나와 눈을 마주치는 백호에게 오늘도 웃으며 이야기해준다.

"아이 예뻐! 아이 잘 걷는다!"

항상 말을 걸고, 설명해주며, 백호의 얼굴을 살핀다. 백호의 표정이 하나 하나 늘어가는 것이 보인다. 백호가 알아듣는 이야기와 인지할 수 있는 상황들이 많아지는 것도 느껴진다. 소리는 일방적이지만 적어도 감정은 오가고 있다. 백호와 살아가는 이 시간이 나 혼자만의 양육이 아닌, 함께 나누는 시간이길 바란다. 백호에게 나와 함께 쌓아온 시간과 순간들이 좋은 추억이었기에 백호가 유난히 사람을 좋아하는 것이 아닐까?
하고 생각한다. 백호에게 직접 물어본 것은 아니지만, 좋은 게 좋은 거라
고 백호도 말만 할 줄 알면 이렇게 대답할 것이라고 믿는다.

좋은 사료, 이렇게 고르자

'백호 사료는 어떻게 고르나요?' SNS를 시작하고 가장 많이 받은 질문이
다. 이번 기회에 네 가지 팁으로 백호의 사료를 고르는 법에 대해 설명해
드리려고 한다.

건강 검진

고단백 사료로 전환하기 전후로 건강검진을 받아 소화기관의 상태를 확
인하고, 선천적으로 소화기관이 약한 아이들의 건사료와 화식을 택할
경우 소화 효소를 추가한다. 췌장이 안 좋거나 고탄수화물 저단백 사료
를 줄 때는 타우린 등의 영양제가 좋다.

영양성분 체크

'고단백 사료가 무조건 좋다'라고 말할 수는 없지만 백호처럼 질병 없이
건강한 강아지라면 고단백 사료가 대부분 정답이다. 백호에게 다이어트
가 필요할 때는 조지방 수치를 확인하고, 건강 검진을 통해 백호에게 맞
는 조단백과 조지방 수치 등을 맞춰 구매한다. 조단백 비율을 구성하는
원료가 대부분 육류인 사료를 선택하고 감자와 고구마, 완두콩 등의 재

료가 많이 사용된 것은 탄수화물 비율이 높아지기 때문에 사료 성분과 함께 확인한다. '~등, 사료의 원료는 생산시기에 따라 달라질 수 있습니다' 등의 문구가 들어간 사료는 피한다. 거칠고 간단하게 말하자면 상품화 과정에서 탈락한 찌꺼기 재료들이 가공되어 나올 가능성이 있기 때문이다. 좋은 것은 아주 작은 것이라도 마케팅에 활용하는 원리를 생각해본다면, 좋은 재료를 쓴 제품에 원료가 생산시기에 따라 알 수 없게 바뀐다고 뭉뚱그려서 설명할 이유가 없다. 옥수수가 들어간 사료를 마이즈(옥수수)라고 표기하여 혼동을 주기도 한다. 의심이 가는 성분은 검색해보면 쉽게 정체를 알 수 있다.

공신력 있는 사료회사의 제품을 선택한다.

먼저 리콜 이력 없이 사료를 만들어온 곳인지를 확인하고 구입한다. 반려동물 시장이 떠오르면서 사료제조업체가 많아진 탓인지 품질보다 마케팅에 의존하는 회사들이 많이 보인다. 현란한 패키지와 마케팅 문구 대신 업체와 제품의 이력을 따져본다. 미국의 사료 평가 사이트와 영국의 사료 평가 사이트를 확인하는 것도 좋은 방법이다.

그레인프리(grain free) 제품을 선택한다.

그레인프리(grain free)는 반려동물의 곡물 알레르기를 최소화하기 위해 옥수수, 밀, 쌀 등을 사용하지 않고 만든 무곡물 사료를 뜻한다. 곡물을 사료의 주성분으로 넣는 것은 저렴한 단가 등 이윤 추구 목적이고 영양적인 면에서는 도움이 되지 않는 편이라고 보는 것이 옳다. 오히려 강아지와 고양이는 육식이 주식이기 때문에 곡물이 질병, 알레르기를 유발할 수 있다. 실제로 FDA의 연구결과 곡물 섭취가 강아지의 심장질환 발병률을 유의미하게 높인다는 결론을 내기도 했다.

　이런 식으로 따지면 뭘 먹여야 하나요? 라는 질문이 있을 것 같다. 조금만 신경 써줘도 위 조건을 충족하는 사료를 찾을 수 있다. 한두 개도 아니고, 선택지가 적지 않다. 강아지는 스스로 사료를 고를 수 없으니 신경써줄 수 있는 건 주인뿐이다. 이렇게 말씀하시는 분들도 있다.
　"어릴 때 우리 시골에서는 짬밥만 먹고도 15년을 살았다."
　"아무거나 먹인 우리 개는 평생 건강하게 살다가 갔다."
　사람 역시 군만두만 먹어도 살 수는 있다. 하지만 군만두만 먹고 살지 않는다. 최소한의 조건에서 생존하는 것과 좋은 삶을 사는 것은 엄연히 다르기 때문이다. 나는 백호와 아이들에게 후자의 삶을 선물하고 싶다.

Chapter 4

대한민국 구석구석 궁둥이를 흔들고 다녀볼까?

꽃에 빠진 백호

몸은 확장팩이지만 다리는 체험판이라 꽃나무를 보지 못하던 백호를 들어 안아 매화꽃, 벚꽃을 처음 보여주던 그 순간 백호 얼굴에도 놀라움이 피어났다. 태어나 처음으로 맡아보는 그 꽃에 흠뻑 빠진 백호는 꼬마자동차 붕붕처럼 꽃만 보면 함박웃음을 지었다. 나는 꽃가루 알레르기가 있어 꽃을 좋아한 적이 태어나 단 한순간도 없지만 백호에게 더 많은 꽃을 보여주기 위해 각 계절마다 꽃이 가득 피는 곳을 찾아다녔다. 백호의 세상에 항상 꽃이 만발하길 바란다. 꽃잎 가득한 꽃길을 걷게 해주고 싶다. 그래서 수많은 공원과 산책길, 들과 산으로 나들이를 다녔다. 백호도 계절의 온도와 색을 느끼고 있겠지. 봄에는 꽃을, 여름에는 넓은 바다와 푸른 잔디를, 가을에는 바삭거리는 낙엽을, 겨울에는 눈을 보며 계절을 만끽하는 백호를 보면 알 수 있다.

공익 광고

백호에게 광고와 협찬 제의가 들어오던 시기 가족들끼리 의견을 모으던 중에 아빠가 "공익 광고가 들어오면 해"라고 하시기에 "공익 광고가 백호한테 들어오겠어?" 하고 우스갯소리로 일축해버렸다.

그리고 설마설마 하던 그 일이 실제로 일어났습니다…. 한국관광공사에서 나들이와 여행을 즐기는 백호에게 대한민국 구석구석을 여행하고 여행기를 쓰는 것이 어떻겠냐는 제안이 온 것이다. 세금 열심히 내며 사는 것 외에는 나라에 이바지할 능력이 없어 '국민1'로 대충 살고 있었는데, 티끌의 티끌만한 나랏일이라도 할 수 있다니 감격스러운 마음에 교지를 받드는 말단 신하의 마음으로 꼭 하겠다고 했다. 예산 자체도 적었지만 금액보다 백호의 견지도를 공익적으로 쓸 수 있다는 데 의의를 두고 기쁜 마음으로 제안을 받아들였다. 테마는 산책 여행으로 정했다. 대한민국 구석구석을 백호와 함께 산책하러 다니게 된 것이다.

이제 함부로 단언하지 않기로 했다. 책 절대 안 쓴다고 출판 제의를 열 번 넘게 거절했는데 지금 이 글을 쓰고 있는 내 모습을 보니 더욱 그렇다….

백호와 여행 준비!

백호는 나나 가족의 출장에 동행하며 타 도시에 자주 가봤지만 많은 곳을 가보지는 못했다. 백호가 가보지 못한 도시를 우선적으로 선정하고, 강아지 출입 가능한 곳들을 조사했다. 기획 단계에서 알게 된 것인데 우리나라에서 강아지 동반 여행은 정말 어려운 일이었다.

숙박을 하게 된다면 더 힘들어진다. 여행지를 선정하고 숙소를 찾아보는 것이 아니라 숙소가 있는 곳을 여행지로 선택해야 하는 수준이었다. 강아지 펜션은 없는 도시도 많고, 소형견을 위주로 영업한다. 백호 같은 중형견이 갈 수 있는 숙박업소의 범위는 점점 좁아진다. 당일로 갈 수 있는 여행은 당일로 가고, 1박 이상 가야 하는 여행지는 백호와 함께 편히 지낼 수 있는 숙소가 있는 도시로 정해서 여행 계획을 짰다. 6월부터 12월까지 다니는 여행이니 초여름에서 초겨울까지 계절을 가장 잘 느끼고 걸을 수 있는 곳을 위주로, 또 백호가 출입 가능한 명소로.

비행기 타고 갈까?

강아지와 함께 장거리 여행을 할 때는 카시트에 앉혀서 가는 방법과 켄넬에 들어가 뒷좌석이나 트렁크 자리에 동승하는 방법이 있다. 백호는 켄넬 훈련은 쉽게 했지만, 켄넬에 오래 누워 있는 것은 질색했다. 백호는 켄넬보다는 카시트에 누워 창밖을 내다보며 여행을 즐기는 타입이었던 것이다. 그래서 비행기를 타야 하는 해외여행은 일찌감치 접어두었다. 한국도 넓고, 볼 곳은 많다. 한국에서 30년을 넘게 산 나도 한국을 구석구석 가보지 못했으니 백호와 함께 한국의 많은 곳을 함께 걷자고 마음먹었다.

초여름의 새하얀 백사장과 파도 포말, 그리고 백호

강화도는 백호와 함께 들어갈 수 있는 둘레길이 잘 조성되어 있어서 유적지와 전적지를 한눈에 내려다보며 산책하기에도 좋은 도시였다. 백호가 초등학교에 다녔다면 여름방학 숙제를 해주기 위해서 강화도에 방문했을 것이다. 내가 여름방학 숙제를 했던 도시에서 백호의 숙제를 함께 해주는 상상도 즐거웠다. 초여름의 첫 산책지로 강화도는 최고의 선택이었다.

푸른 청보리밭을 달리는 백호

백호와 함께 파주의 강아지 운동장에 방문한 적이 있다. 하지만 백호는 강아지가 많은 곳보다는 사람이 많은 곳을 좋아한다. 그래서 두 번째로 간 파주에서는 늘 회색 도시만 보고 사는 백호에게 눈이 시릴 정도로 쨍한 푸른 청보리밭을 보여주고, 사람이 언제나 가득한 프로방스와 헤이리 마을에 방문했다. 감성적인 카페와 예쁘게 조성된 거리들은 백호가 보기에도 좋았는지 행복하게 산책했다. 강아지와 함께 출입이 가능한 식당이나 카페도 있어 같이 다니기에 부족함이 없었다. 강아지 운동장에 방문했을 때는 집에 가자고 할 때 냉큼 차에 올라타더니, 인파 속에서 산책한 이번 방문 때는 차에 타지 않으려고 버티길래 다음에 또 오자고 설득해서 간신히 태웠다. 세 번째 파주는 가을에 가봐야지.

충청도 왜목마을과 백호

한복을 입고 안동의 축제의 한가운데로

안동에 내려갈 때는 한복을 준비해서 내려갔다. 안동 한옥마을에서 한복을 입은 백호가 함께 걸으면 좋을 것 같아 준비해서 갔는데, 내 예상보다 더욱 열렬한 반응에 놀랐다. 일본어, 영어, 아랍어, 중국어 등 온 나라의 언어로 백호를 귀여워해주시는 분들의 말을 나도 잘 모르고, 백호는 더더욱 몰랐겠지만 국경도 없이 쏟아지는 애정 덕분에 백호는 세상에서 가장 행복한 강아지였다.

안동에는 때마침 축제 기간이었다. 사람이 많고 대형 스피커도 많을 것이기에 처음 축제에 가보는 백호가 너무 놀라면 어쩌나 싶었지만 역시나 쓸데없는 걱정이었다. 하회탈을 쓰신 축제 도우미 분들을 보고도 백호는 세상 즐겁게 가운데에 앉아 기념 사진을 찍고, 누나와 형을 보채 앞장서서 사람이 많은 곳들을 파고들어가며 축제의 장을 누볐다. 백호에게도 진정한 축제였다.

전주의 한옥거리에 간 백호

전주 한옥거리가 정말 크다는 이야기를 들었는데 백호랑 함께 걷는 내내 '왜 이렇게 사람이 없지…?' 하고 백호도 실망하고, 나도 의아했다. 그런데 백호가 올 길목을 예상하고 기다리고 계시던 백호의 전주 누나 분들께서 관광 안내를 자처해주신 덕분에 잘 알지 못하는 장소까지 구석구석 걸을 수 있었다. 500년 된 은행나무가 있어 은행잎이 마당 한가득 내린 향교도 덕분에 들릴 수 있었고, 전주 한옥마을을 알려주신 덕분에 사람이 가득한 거리에서 백호는 예쁨도 한가득 받을 수 있었다. 심지어 연세 지긋하신 두 분이 한눈에 "어? 네가 백호니?" 하시기에 "백호를 아세요?" 하고 여쭤보니 백호가 전주에 내려가는 걸 알고 자녀분들께서 꼭 백호를 보고 오라고 당부하셨단다. 백호는 사람들에게 겹겹이 둘러싸여 예쁨도 한가득 챙겨 올라올 수 있었다.

마음의 고향 부산
(진짜 고향은 경기도 용인)

백호는 난생 처음 밟아보는 부드러운 백사장에서 신나게 뛰어다니며 모래를 한 바가지 묻혔고, 언제나 좋은 것에 몸을 부벼대는 백호는 여지없이 백사장에서도 신나게 모래 위에서 밀가루 옷을 입듯이 굴러다녔다. 함께 가지 못한 엄마도 집에 와서도 3일 동안은 백호 몸에서 모래가 나오는 것을 보시고는 대체 백호는 백사장에 파묻혀서 모래찜질이라도 했냐고 짐작하셨을 정도다.

한국 관광공사에서 백호의 대한민국 구석구석 프로젝트를 제안 받았을 때, 가장 먼저 정한 곳이 마지막 여행지인 부산이었다. 서울에서 산책회를 했을 때 지방에 사는 분들이 가장 아쉬워하셨던 것이 생각나서 여행의 끝인 부산에서 산책회를 한 번 더 해야겠다고 결심했기 때문이다.

산책회는 말해서 무엇하랴. 백호의 산책회에 함께하지 못하시는 분들과 추억을 함께 하고자 SBS 동물농장 하루 촬영팀과 동행했는데, 제작진 분들께서 산책회가 끝난 뒤에 넋이 빠진 채로 "이 정도일 줄은 정말 상상도 못했어요… 정말…" 하시더라.

이제는 전국구 백호

여행을 가는 곳을 미리 알리고 가지 않았음에도 낯선 도시를 산책하는 백호를 보며 "혹시… 백호 아닌가요?"라며 말을 걸어주시고, 여행을 왔다가 백호를 볼 수 있게 되어 기쁘다며 눈시울을 붉히려고 하시는 분을 만나기도 했다. 백호가 올 것을 예상하시고 길목에서 기다리고 계시다가 기꺼이 시간을 내어 관광안내를 자처하시는 분들 덕분에 잘 알지 못하는 장소까지 구석구석 걸을 수 있었다. 쉬어가려고 운전 중 잠시 들린 작은 휴게소에서 백호랑 닮은 아이네? 하고 인사를 하러 오셨다가 백호인 걸 확인하시고는 난 현빈보다도 백호가 훨씬 우선순위라며 엄청난 사랑을 선사해주신 어머님을 뵈어 잊지 못할 추억을 선물 받았다. 한옥마을에서 한복을 입고 걷는 백호를 보고 감탄하는 외국인들의 감탄사를 듣고 가을에 어울리는 체크무늬 케이프를 입고 간 전주에서는 수많은 분들에게 둘러싸여 촬영회가 열리기도 했었다. 백호가 대한민국 구석구석의 시간과 계절을 오래도록 기억했으면 한다. 백호가 잊어도 괜찮다. 돌아오는 계절에 또 그 시간을 떠올릴 수 있도록 계절이 가장 먼저 시작되는 시작점에 산책을 하러 가서 새로운 계절을 덧칠해줄 테니까.

#누가 백호일까요?

백호 누나는 백호를
어떻게 키웠을까?

백호 누나의 반려견 여행 팁!

식사

강아지를 동반할 수 있는 각 지역의 맛집을 찾기는 매우 힘들다. 그래도 명소에는 피크닉을 위한 공간이 대부분 준비되어 있고, 그런 곳은 강아지와의 출입이 가능한 곳이 많다. 우리 가족은 도시락을 싸서 백호와 함께 경치 좋은 곳에 앉아 먹었다. 백호의 간식 도시락도 싸가지고 가서 함께 먹으며 돗자리에 드러누워 하늘을 구경하고 강을 구경하고 바다를 구경했다. 맛집에서 포장을 해서 풍경 좋은 곳에 차를 대고 차에서 먹기도 했다. 여름과 가을 내내 여행을 다녀보니 강아지 동반 식당이라고 명시하지 않았어도 동반이 되는 곳도 더러 있고, 테라스석이 있는 곳은 대부분 강아지와 함께 입장이 가능했다.

이동수단

대중교통 이용 시에는 이동식 켄넬에 넣어 승무원 분들의 안내에 따라 탑승해야 한다. 합법이지만 불편해하시는 분들이 많기 때문에 눈치가 보여서 우리는 자차로 이동했다. 반려견 전용 택시회사도 있으니 대절해서 가는 것도 괜찮은 방법이다.

246

숙박

강아지가 낯선 환경 변화 때문에 밥을 먹지 않거나, 잠을 제대로 자지 못하는 경우가 있다. 백호는 다행히 그런 것과는 거리가 매우 먼 낮짝 두꺼운 아이라 편하게 여행할 수 있었지만, 혹시 모르는 일이라 강아지가 좋아하는 간식과 소화가 잘되는 부드러운 음식을 준비했다. 집에서 사용하던 방석이나 침대, 담요도 챙겨 안정감 있는 잠자리를 준비했다.

구급

여행을 하다가 강아지가 갑자기 구토를 하거나 아플 수 있으므로 여행하는 지역의 동물 병원 전화번호는 사전에 미리 조사를 해가는 것이 좋다. 낯선 상황에 긴장할 수 있으니 가장 좋아하는 장난감 등도 챙겨가고 편의점에서 락토프리 우유 등을 구매해 따뜻하게 데워 조금씩 먹여주는 것도 아이가 안정하는 데 도움이 된다. 이렇게 하다 보면 사람 짐보다 강아지 짐이 두 배는 더 많아질 수도 있지만 일단 바리바리 싸들고 가자.

삶은 감정의 속도와 온도가 일치하는 사람을 만나는 것이 얼마나 어려운지 깨닫는 일의 연속이다. 내가 걸어온 시간 속에서 나와 발맞춰주는 이는 누구였는지, 서로 손을 잡았을 때 너무 뜨겁지도, 차갑지도 않았던 사람이 몇이나 있었는지, 그 모든 것이 어긋나는 사람임에도 내가 모든 것을 포기하고 맞춰주고 싶었던 사람은 몇이나 되었는지. 완급 조절이 필요 없는 사랑이 주는 충만감을 내게 알려준 것은 백호였다.

자주 가는 동네 카페에 백호랑 커피 마시러 갔을 때 나이 지긋하신 분이 내가 백호랑 얘기하며 노는 걸 보시더니, "아가씨, 강아지 어차피 먼저 가는데 왜 그렇게 잘해줘요?" 하고 물어보셨다. 으레 받는 시비인가 싶었지만 단골 카페이기도 하고 분위기가 이전 경험들과는 다르기에 "먼저 가는 거 아니까 더 재밌게 살려고요. '나중에 우리 재밌었지?', '좋은 파트너였지?' 하고 헤어지는 게 목표예요" 하고 대답했다.

"아가씨 말 들어보니 아가씨가 나보다 더 낫네요. 저도 열세 살 된 진도랑 같이 살아서 요새 늘 떠나는 생각만 했거든요. 좋은 말 고마워요. 백호도 잘 놀다 가" 하시더니 내 커피 값까지 계산하고 나가셨다. 젊은 여성이 강아지를 데리고 다닐 때마다 가시 돋힌 말만 듣다가 이런 경우는 처음이었다.

처음 받아보는 질문이 아니었다. 백호를 데려올 결심이 서기 전에 나는 강아지 때문에 눈물 흘리게 될 날이 올 것을 알고 있었다. 이전에 경험한 이별이 너무 날카로워 무뎌지는 날까지 기다리는 시간이 고통 그 자체였다. 그것이 두려워 내가 강아지에게 받았던 행복의 시간들을 떠올리는 것조차 잊으려 애쓰고 외면했다. 모든 것이 무뎌진 그때에서야 기억하려 해봐도 고통과 함께 추억도 희석되었다는 사실만 깨달을 뿐이었다. 해주지 못한 것들만 기억에 남아 함께여서 행복으로 충만했던 시간마저 왜곡되어 있었다.

　백호를 데려오기까지 수많은 밤을 고민하고, 포기했다가, 다시 생각하기를 반복했다. 어린 날의 나는 아무것도 모르고 강아지와 함께 살기 시작했지만 나는 지금 너무 많은 것을 알고 있는 어른이 되었으니까. 마침내 20대의 한가운데서 강아지와의 삶을 살기로 결심했다. 강아지랑 사는 게 뭐 대수냐고 말할지도 모르겠다. 하지만 한 생명과 함께하는 것은 이렇게 수많은 생각과 고민의 날이 수반되어야 하는 일이다. 강아지의 평균적인 수명은 15년. 내 인생의 15년을 함께할 생명에 대해 그 어떤 것도 가벼워서는 안 된다. 내 인생의 가장 빛나는 순간에, 기쁘고 슬픈 일 모두를 백호와 함께하기로 했다. 백호를 키우며 삶의 방향은 한없이 긍정적인 곳으로 흘러갔다. 사랑을 주려고만 했는데 너무 많은 것을 받아버렸다. 백호가 아니었다면 전혀 몰랐을 세계를 만났다. 계절의 변화를 기쁘게 여기는 법을 배웠고, 산책을 하며 백호와 눈을 마주치는 순간의 청량함도, 나를 향해 달려오는 백호를 끌어안을 때 따스하게 변하는 온도를 알았다.

백호로 인해 눈물 흘리게 될 날이 분명 올 것이다. 아빠가 마지막까지 강아지를 데려오는 것을 반대하셨던 이유다. 딸이 얼마나 많이 울었는지, 얼마나 많이 울게 될지 알고 계시기에 백호를 데리러 가는 길에 직접 운전을 해주시면서도 마음 가장자리에 선 하나는 그어두라는 당부를 하셨다.

백호는 아무렇지도 않게 그 선을 넘어 들어왔고, 우리 가족은 매시간 매순간 백호를 힘껏 사랑하고 그 사랑 표현을 아끼지 않는다. 눈물 흘리게 될 날을 두려워하며 선을 긋는 것은 애초에 성립 불가능한 전제였다. 백호를 만나는 순간 그 작은 밤송이 같은 강아지가 모든 기준을 부숴버렸으니까.

소설가들은 마지막 한 문장을 위해 그 긴 서사를 써내려 가는 것이라는 말을 들은 적이 있다. 나는 이 한 문장을 위해 이 글을 적는다. 백호를 만나 얻은 모든 세계에 감사하다. 백호에게, 백호와 함께 사는 우리 가족에게, 백호를 사랑해주시는 바로 당신에게.

이웃집의 백호

세상에서 가장 행복한 멍멍이
70만 팔로워 웰시코기의 신나는 일상!

초판 1쇄 발행 2019년 5월 28일 초판 2쇄 발행 2019년 6월 4일

지은이 백호 누나, 백호
펴낸이 연준혁

출판 1본부 이사 배민수
출판 1분사 분사장 한수미
책임편집 방호준
디자인 김태수
일러스트 길은

펴낸곳 (주)위즈덤하우스 미디어그룹 출판등록 2000년 5월 23일 제13-1071호
주소 경기도 고양시 일산동구 정발산로 43-20 센트럴프라자 6층
전화 031)936-4000 팩스 031)903-3893 홈페이지 www.wisdomhouse.co.kr

값 15,000원
ISBN 979-11-90065-55-9 03810